# 食品安全的逻辑

周德翼　吕志轩　著

国家自然科学基金项目"我国食品标志与追踪制度的
绩效研究与优化设计"(70373016)资助

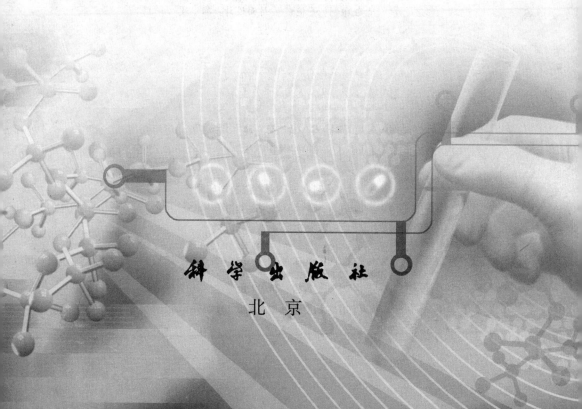

科学出版社

北　京

## 内 容 简 介

本书以蔬菜质量安全为研究对象，通过对湖北、山东、浙江和广东等地的实地调研，运用新制度经济学等相关领域的理论，对我国的政府监管者、蔬菜生产组织、农户以及消费者之间相互作用的机制进行了探讨，揭示出一幅有较大可信度的我国蔬菜安全运作的逻辑图，并初步得出一些相关结论，为我国政府制定食品安全方面的政策提供可靠依据。

读者对象：高等学校、科研机构以及从事食品安全领域的相关政府和社会的相关人员。

图书在版编目(CIP)数据

食品安全的逻辑/周德翼，吕志轩著. —北京：科学出版社，2008
 ISBN 978-7-03-021578-9

Ⅰ. 食…　Ⅱ.①周…②吕…　Ⅲ. 食品卫生-研究-中国
Ⅳ. R155

中国版本图书馆 CIP 数据核字(2008)第 047103 号

责任编辑：王雨舸 / 责任校对：梅　莹
责任印制：董艳辉 / 封面设计：苏　波

科 学 出 版 社 出版
北京东黄城根北街 16 号
邮政编码：100717
http://www.sciencep.com

武汉中科兴业印务有限公司印刷
科学出版社发行　各地新华书店经销

*

2008 年 4 月第 一 版　　开本：B5(720×1000)
2008 年 4 月第一次印刷　　印张：10 1/4
印数：1—2 500　　　　　字数：189 000
定价：28.00 元
(如有印装质量问题，我社负责调换)

# 《食品安全的逻辑》作者名单

周德翼　吕志轩　著

## 参加人

汪普庆　张　巍

雷　雨　施　晟

彭　健　朱忠成

# 前 言
## PREFACE

2004 年,我们获得国家自然科学基金项目"我国食品标志与追踪制度的绩效研究与优化设计"(70373016)的资助。在刚刚获得资助的时候,我们既高兴,又担忧。高兴的是这是笔者第一次主持国家自然科学基金项目,担忧的是,一些细节还没有落实,我们还要结合一个具体的供应链编制一套可追踪软件,这在以往的基金项目中是少有的。但是,信念是有的:一定要认真把这个课题做好。为了能够深入研究,我们把工作集中在蔬菜安全方面。

在没有清晰思路的时候,最好的方法就是到实践中体验一下。我们先后到山东、湖北、浙江、上海以及深圳的一些地方,参观了一些企业,也走访了一些政府部门、批发市场和科研单位。通过与社会的互动,我们不仅了解到设计可追踪系统的一些规律,同时,也了解到与此相关的蔬菜供应链的组织结构和食品安全的逻辑,对于支配食品安全现象背后的原因,有了一定的了解。在调查的过程中,有误点的饥饿,调查中的冷遇,午夜调查批发市场(批发市场一般在午夜交易)的困倦,也有借宿农家的难眠之夜,这些都变成了美好的回忆。

本书正是根据"所看、所听、所想",感受到我国食品安全现象背后可能的运作逻辑。与严格的科学研究相比,设计不够严密,成果似乎不够"Hard",但却是基于同样的科学精神。因此,书名原定为"感悟食品安全的逻辑",这恰恰抓住了本书的特点，既反映我们的"触感"和探索科学的虔诚态度，也反映了我们尚不够严格的科研形式。但是，在最终讨论书名时，一些成员认为"感悟食品安全的逻辑"，似乎不够科学，因而最后将书名定为："食品安全的逻辑"。

从最后的结果看，虽然离预期目标还有一定的距离，但是，我们感到也获得了一些有价值的结论，值得加以总结、沉淀，特别是我们看到现行的食品安全管理政策和制度安排，往往无视食品安全背后的逻辑：一方面是大量政府检测，另一方面是隐藏信息，"左手"与"右手"相冲突；面对大量分散的小生产经营者，一方面是政府有限的资源，另一方面是企图对生产经营过程实行全面监管的多部门监管体制；一方面是对信用品的监管，另一方面却缺乏对监督者的监督。不断出台的新政策，几近于挑战"万有引力"定理。我们就感到有必要把我们感悟到的食品（主要是蔬菜）安全运作逻辑写出来。这既是为了敝帚自珍，纪念我们的工作岁月，也是为了大家交流，听取同行的意见。

本研究最主要的发现在于以下几个方面：

**食品安全的逻辑基于食品安全的信用品属性及其相关的信息不对称**　但是，我国偶尔出现的经验品性质食品安全事故，说明目前的食品安全问题，已经不是信用品层次上的安全问题，而是进一步发展成为经验品层面的安全水平。导致这种结果的原因是政府、生产者和消费者三者互动均衡的结果。

**我国政府监管没有能够在降低食品安全的信息不对称方面发挥作用**　对于蔬菜安全这类信用品质量的监管工作，其工作质量的信用品特性更加明显，由此导致政府行为的逆向选择，如果政府的行为不被监督，政府就不可能有积极性充分地监管市场，并且监管的部门越多，部门监管的积极性就越差。在中国现实的情形下，由于政府的行为没有受到监管，而且，存在多部门管理，一个直接的推论是，如果取消现有监管部门，作为信用品的食品安全水平不可能下降。

**小规模经营没有生产安全食品的内在激励**　生产规模越小，专用性投资越少，越有积极性从事投机行为，并且，由于经营者的数量多，机会主义行为被发现的可能性低，即使被发现，在一个"完全竞争"的市场上，这种声誉的损失不会被竞争对手所利用，对于经营者后续的经营不会产生影响。相反，小生产者进行优质生产的成本更高，建立声誉的规模收益小，分摊成本高。因此，小生产者有积极性投机，无积极性讲诚信。

对于我国而言，单个农户的规模小，大规模合作营销的协调成本高，难以实施，因此，在蔬菜贩卖基础上发展起来的运销大户和产地与销地批发市场模式便应运而生，进而导致零售环节的自由市场模式。在整个蔬菜的供应链上，以生产制度为起点，各个环节的组织形式，一环套一环，相互依赖，形成一个均衡。农户与运销户之间、运销户与零售商之间、零售商与消费者之间，由于数量极大，不容易形成稳定的交易，难以形成重复博弈和信誉机制。在这种制度下，交易的只能是搜寻品，而不可能涉及信用品、经验品。

更直接地讲，给定目前的社会诚信缺失、农业小规模分散经营、政府多头监管、对政府监督不严的制度背景,生产只停留在搜寻品的水平上。如果严格地按照食品安全的标准,我国生产的蔬菜绝大部分都是不合格的,或者更为直接地说,中国不具有生产安全蔬菜的基本制度安排。因此,我们必须对食品安全有一个现实的态度。

作为消费者,由于不能够获得信息,因此,他们的购买行为,只是集中于搜寻品和价格上。因而,给定市场提供的是搜寻品和相应的低价格,消费者购买的也是搜寻品,支付的是低价格,质量问题主要表现为那些希望购买和供给安全蔬菜的潜在交易没有能够实现(导致效率的损失)。

上述三个方面结合起来,政府的监管体制、微观的生产运销体制和消费者行为存在相互依赖。在国内市场,给定政府监管不严,则存在的生产经营组织形式就是松散的。而在出口市场上,由于政府加强监管,则相应的生产组织形式转变成大规模农户、一体化的供应链组织。此外,随着国内外政府监管力度的不同,还存在一些过渡的形态。反过来,给定现有的生产结构,农户规模小、数量多而分散,政府严格监管的成本奇高,因而,政府目前的监管力度往往又是最优的。在这种情形下,理性的消费者会预期到市场和政府失灵而专注于搜寻品属性和价格。蔬菜安全管理和供应链系统又嵌入到更大的社会经济背景中,这些制度安排相互依赖,形成均衡("锁定")。这种组织安排的均衡可以用产权经济学、交易费用、心智模式、重复博弈(声誉机制)、知识管理等不同的范式来解释。青木昌彦(2001)用社会域、经济域、政治域之间的共时相关性来描述这种现象。

可追踪系统是交易中界定双方产权的一种技术,可以起到降低交易成本的作用。同样,要设计供应链的蔬菜可追踪系统,需要将之嵌入到蔬菜安全管理和供应链体制之中。如果没有严格的政府监管,双方没有界定有关属性产权的外部需要,可追踪系统就不会出现。可追踪系统对供应链一体化的影响是多方面的,因产品而异。总的看来,蔬菜供应链的可追踪系统需要在供应链一体化的基础上实施,反过来由于可追踪系统作为专用性资产的投入,可以更加密切双方的关系。政府也可以利用供应链的可追踪系统,从事宏观的质量安全管理。由于 Bridge 公司的大力支持,我们初步设计了把可追踪系统与物流、财务系统一体化的软件。不过,由于种种原因,目前还没有得到很好的应用。但是,作为一个重要的副产品,我们对该公司加农户模式,有了比较深入的了解,可为我国的公司加农户模式提供借鉴。

逻辑的力量是巨大的,一旦有了逻辑,我们就可以进行政策试验,预测不同政策的效果。可以减少无效政策的实施。

基于我们的发现,我们在中国的社会文化和经济背景下,尝试性地设计了中国未来可能的、适于食品安全控制的制度安排。一方面要扩大现有的农户规模,没有规模就没有信誉和食品安全。同时,必须将农户组织起来,建立区域内的合作营销或购销双方的垄断交易,提高批发市场和零售市场上的经营门槛(规模、专用性投入),从而减少经营者的数量,使得农户、运销商、零售商、政府、新闻媒体、认证企业之间,以及农户、零售商、运销商内部的交易频率提高,形成多层次、多领域的声誉机制。重复博弈与声誉机制的多层次运用是保障食品安全和降低交易成本的核心。应当承认的是,这个研究在某种程度上还是一个探索性研究,所提出的食品安全的逻辑框架带有一定猜测性。

对于中国的食品安全要有耐心,关键是发现演化的路径,并找到启动演化过程的起点,长期保持选择的压力,以使整个中国蔬菜生产的制度安排逃脱现实的均衡陷阱。

本书的文风,概括起来,可以说是社会学的方法、经济学的结论。经济学的研究以相对规范而著称,但这种规范反过来又在某种程度上损害了经济学的思想性和研究的灵活性,因而受到了奥地利学派和新制度经济学派学者的一些批评。我们相信,科学的目标在于发现真理,而不应拘泥于形式。

课题组主要以蔬菜安全为研究对象,通过案例分析来揭示现象背后的逻辑,我们调查的市场、企业和政府有:

上海　上海市中心农产品批发市场、上海市农工商超市可追溯系统、上海市农业局"档案农业"信息系统。

浙江　杭州市三里亭农批市场、产地标志卡、农业科学院茶叶研究所及茶叶可追踪系统、台州市西部农副产品配送中心(以及由台州市农业局开发、实施的农产品可追踪系统)、台州市椒江鸿绿瓜菜专业合作社(以及农产品可追踪系统的运行情况)、台州市临海市上盘镇西兰花生产基地(基于作业区的追溯制度)、台州温岭箬横西瓜合作社(自主开发的手工可追踪系统)。

山东　寿光蔬菜批发市场、寿光田苑果菜公司可追溯系统、洛城镇蔬菜生产基地、安丘市外贸食品有限责任公司和金冢子镇蔬菜生产基地。

湖北　嘉鱼县潘家湾蔬菜生产基地、武汉市蔡甸区军山农产品批发市场、蔡甸区蔬菜生产基地、武汉市新洲区双柳镇蔬菜生产基地、湖北易生生物科技有限公司的可追溯系统。

深圳　布吉农产品批发市场、深圳市 Bridge 公司(及其在广东电白、湛江、连州、韶关的生产基地)、深圳市百佳超市纸质可追溯系统。

在这些案例中,重点调查了深圳 Bridge 公司(我们先后对 Bridge 公司进行了四次调查,第一次是 2005 年 11 月,为期 7 天;第二次是 2006 年 1 月;第三次是 2006 年 9 月;第四次是 2007 年 7 月)和台州临海市西兰花合作社(三次调查,时间分别是 2006 年 4 月、2006 年 10 月、2006 年 11 月)。为了使读者有直观的感觉,文中还附有我们走访时保留的一些图片,引用了一些访谈对象的谈话。

尽管案例分析的结论一般被认为缺乏一般性,但是,如果很好地设计,就会具有描述性、探索性甚至解释性的功能。特别是,案例分析对于那些需要结合事物的背景来说明事物运作机制的研究尤为重要,它能够弥补一般定量研究的不足,而一般的定量研究一般都忽视了背景的作用(Yin,1994)。

我们的研究，在某种程度上是一种探索性研究，并且，在研究之前，我们并没有先验性看法。但是，根据后验理论(grounded theory)，我们在调查了一些数据/现象之后，从观察的事实出发，抽提(推测)数据背后的逻辑，作为"暂时"可接受的理论，然后，又基于新的观察，根据理论与新的事实的符合程度，不断地修正、更新理论。应当承认，我们对一些案例的了解由于种种的限制，并非很全面彻底。但是，基于科学的态度，有多少，说多少，我们把我们观察到的零星的"碎片"拼凑起来，外加部分我们的想象，试图抽象、呈现出一幅有一定可信度的我国蔬菜安全运作的逻辑图——也就是相关变量之间的因果关系图。

本书包括六部分，共8章内容。第一部分就是第1章，作为本书的分析的起点，主要分析蔬菜的质量属性对交易的影响，以解释信用性的食品安全为什么重要以及现实世界中为什么又会出现经验性的食品安全问题。第2章是本书的第二部分，主要是以我们的调查为支撑，分析不同监管体制下政府行为的激励和效果，同时利用产权经济学和信息经济学原理，比较不同权利配置结构的效果。本书的第三部分(第3章)旨在考察近年来食品供应链中不断涌现的各种组织形式及其与食品安全水平之间的关系。可追踪系统作为产权界定的一种交易工具，有利于减少费用高昂的检测和改变相关责任人的行为预期，进而能够有效地解决食品安全中的逆向选择问题。为此，本书的第四部分(第4~6章)详细介绍了可追踪系统的运作逻辑(第4章)和我们为Bridge公司(第5章)设计的可追踪软件的原理和运行状况(第6章)。2004年11月至2005年5月，周德翼出访泰国，深入调查了泰国基于社区的合同农业的运作机制及实施可追踪系统的成功经验。作为本书的国际经验借鉴，第五部分(第7章)对此作了详细介绍。本书的最后一部分(第8章)主要是概括全书的结论，介绍我们设计的未来中国蔬菜安全管理的制度框架，以及简单展望我们未来的研究方向。

本书是课题组全体成员集体工作的结晶。全书由周德翼构思设计，经过写作小组反复讨论后分工完成。第1章由周德翼、吕志轩执笔完成；第2章由周德翼执笔，吕志轩修改完成；第3章由吕志轩执笔完成，汪普庆、周德翼作修改；第4章由周德翼、汪普庆完成；第5章由周德翼执笔，雷雨作了进一步的校对；第6章由张巍完成，他为了设计Bridge公司可追踪系统付出了极大的努力，施晟做了一些重要补充和校对；第7章由雷雨根据周德翼的泰国研究报告整理而成；第8章由周德翼、吕志轩作了总结。全书由吕志轩进行最后的统稿。他就像一个精细的园丁一样，进行"修剪"(统一格式，增加必要的图片、插图，删除冗余部分等)，将各个部分之间连贯起来使之成为一个整体，使本书的面貌焕然一新。

需要说明的是，有许多参与者如曹士龙老师、何信生教授、何德华老师、何坪华博士、林凌老师、樊孝凤博士、余小鹏老师、柳鹏程老师、余浩然老师、施晟同学和朱月季同学等的工作，由于时间仓促，或者内容上的重叠，或者由于结构上不相容而最终未能在本书中体现,对此我们深表歉意,他们的成果我们将会以其他的形式加以展现。本课题使得笔者与华中农业大学经济管理学院的众多同事一起共同努力,初步形成了一个相互信任的团队雏形,笔者也从中领悟到在团队中工作的挫折、困惑、乐趣和合作的巨大力量,这些也是本课题研究的重要收获。

产权是我们研究的一个重要内容,然而,当我们要界定本书的知识产权时,我们发现产权的界定是如此之困难,本书得以完成,是来源于项目组成员对探究真相的好奇心、面对挑战的勇气、吃苦耐劳的精神和淡泊名利的文化。值得特别一提的是曹士龙老师(因其对学术的执著而被我们敬称为"曹教授"),尽管他在我们关于蔬菜质量属性产权的讨论中起到了关键性的启发作用,但他坚持不愿意在本书及相关的文章中署名,可以说是本团队相互谦让和科学精神的最杰出体现,笔者也从中深受教益,从与他的交往中,心境常常有"一点"升华的感觉。

我们要感谢浙江大学卡特研究中心杨万江教授为我们提供了到台州市临海市、中国农科院茶叶研究所调研的机会,感谢浙江大学周洁红教授在本项目研究中的有益建议。感谢周应恒教授提供到南京农业大学进行交流的机会。感谢深圳市Bridge公司在我们调查期间给予的支持和款待。感谢山东省农业厅提供的协助,使得我们能够在寿光、安丘进行深入调查。感谢深圳市农业局农产品监测站主任周向阳、深圳市果菜贸易公司董事长杨顺江博士提供的协助。感谢武汉新洲区双柳镇政府、嘉鱼市潘家湾镇政府提供的协助。感谢湖北省农业厅周开平处长提供的调研协助。感谢泰国Kasetsart大学农产品加工学院食品科技系的Prisana Suwannaporn博士为笔者在泰国期间提供了为期8个月的支持。感谢泰国Swift公司的主席Paichayon Uathaveekul先生为笔者调研提供的方便。

最后,同时也是最重要的是,我要感谢我的女儿和妻子。我的家庭也许是现代社会最为独特的。我在武汉,妻子和女儿在西安。在这过去的四年中,当我沉浸在理性思维和团队交流的快乐中时,女儿却不能够像同龄人那样享受父亲的关怀,对女儿我有深深的愧疚。同时,也许正是因为我这个"不合格的父亲"不在身边,女儿得以成长,她比同龄人更加独立和成熟,没有独生子女的毛病,担任了班长,组建了自己的团队,并融入了自己的社区。我说让她到我这里来上学,她还离不开她的集体。当我在QQ上对她说,我欠她很多时,她平静地回复说,"你不欠我什么"。女儿学习很自主、很用功,以至于让她怠慢下来都很难。学校家长会让介绍家庭成功教育的经验,我说,女儿的成功就在于没有人教育。看到她健康的成长,多少减少了我的负疚。在我不在的日子里,妻子承担了照看女儿的重担,同时,还要从事自己的教学科研,在现代白领女性中实在罕见。她以自己的勤劳为女儿树立了榜样,也获得了自己的生活方式、独立和自己的事业。

周德翼

2007年12月

# 目　录
## CONTENTS

# 8　结论与政策建议 /137

# 1

## 蔬菜的质量属性与
## 蔬菜安全的信用性

### 1.1 蔬菜的质量属性

在新古典经济学中,通常都假定物品是同质的,同一物品内部各种属性是清晰可辨的。但 Malinvaud(1972)在他的微观经济理论教科书中认识到几乎所有的商品都有许多质量识别维度。他认为,实际上,许多产品或多或少都具有一个质量空间,可以将具有不同的质量维度的同类商品视为不同的商品。

蔬菜质量,又称为蔬菜品质,不是一个可以简单描述的概念,无法从单一的角度来描述或评测,它应该通过指定"质量"所具备的多个维度来度量。Kramer & Twigg(1970)指出,蔬菜品质包括客观方面即产品的基本属性和主观方面即"一定的需要"两个方面。客观方面是指和消费者嗜好无关的关于蔬菜感官、营养卫生、工艺特征的中性描述;而主观方面则是消费者在一定社会、经济条件下对产品的要求,可以根据蔬菜能否满足标准和人们需要以及满足的程度来考察其质量的好坏和高低①。《农业大词典》中将蔬菜的品质描述为蔬菜内在和外在的质量。内在品质为营养品质,外在品质为商品品质。前者主要是指营养成分,如维生素、矿物质、特殊芳香物质、蛋白质、脂肪及有机酸等的含量,以及有害物质残留量的有无和高低等,对人体健康具有重要的意义;后者则侧重于外观的商品性状,如大小、形状、色泽、质地等,是商品分级的主要依据。有的学者认为,应该把蔬菜的品质根据农

---

① 蔬菜质量构成要素在满足消费者、生产者、中间商的需求是不同的,如对生产者来说往往注重产品的外形、缺陷、产量、抗病性、易收获和运输品质;对消费者来说往往考虑蔬菜的外观,希望口味好,营养价值高,食用安全等;对中间商来说往往外观品质最重要,同时也注重产品的硬度和储藏寿命。因此蔬菜品质或质量是一个相对概念,但最终产品价值的实现仍以产品能否被消费者接受为原则。

产品理化性质、结构学特点、产品用途、工艺流程、贮藏保鲜特点等五个方面分为14种类型，即物理品质、化学品质、外观品质、内含品质、食用品质（包括营养、烹调、蒸煮和卫生品质）、饮食加工品质（包括食品加工、酿造加工品质）、饮用品质、工业用品质、商品品质（销售、市场品质）、医用品质、一次加工和二次加工品质、保鲜品质和贮藏品质（傅德成，1994；赵兵，2003），这是到目前为止对蔬菜品质最为全面的描述。

综合大量研究结果来看，蔬菜品质包括感官品质、营养品质、卫生品质、包装品质和贮藏加工品质等方面（Jin et al. ，1999；董树亭，2003）。感官品质包括蔬菜产品的大小、形状、味道、色泽、口感、质地、风味等；营养品质指标包括矿质营养元素、蛋白质、维生素、碳水化合物等物质的含量；卫生品质，主要包括蔬菜中的生物污染如病菌、寄生虫卵和化学污染如硝酸盐累积、重金属富集、农药残留等；包装品质包括包装材料、标签提供的信息等；贮藏加工品质指蔬菜的耐贮存性和适合于各种特殊用途的属性。

与此相对应，对于消费者来说，食品安全可能是搜寻性（search）的，如蔬菜的形状、颜色等，也可能是经验性（experience）的，并且可以确定疾病的来源，例如急性中毒事件。然而，如果食品对健康的消极影响不能马上显现出来或不能容易地确定致病食品和食品来源，食品安全也可能是信用性（credence）的，如蔬菜农药残留导致的慢性中毒和蓄积性中毒。食品的许多营养和卫生品质对于消费者来说都具有信用属性。表1.1概括了蔬菜的质量属性和相应的食品安全的性质。

表 1.1  蔬菜质量属性的构成及对应食品安全的性质

| 主要素 | | 构成要素 | 安全性质 |
|---|---|---|---|
| 感官品质 | 外观（视觉） | 大小：面积、重量和体积<br>形状/形式：直径/长度比、光滑度、坚实度、一致性<br>颜色：一致性、强度（深浅）<br>缺陷：生理、病理和昆虫学缺陷 | 搜寻品<br>搜寻品<br>搜寻品<br>搜寻/经验品 |
| | 质地（触觉） | 坚实度、硬度、软度、脆性、多汁性、粉性、粗细度、韧性、纤维量 | 搜寻/经验品 |
| | 风味（味觉） | 甜度、酸度、涩度、苦味、芳香味、异味 | 搜寻/经验品 |
| 营养品质 | | 碳水化合物（包括可食纤维）、蛋白质、脂肪、维生素、矿物质 | 经验/信用品 |
| 卫生品质 | | 自然发生的有毒物<br>污染物（化学残留物、重金属等）<br>微生物毒素<br>微生物污染物 | 信用品 |
| 包装品质 | | 包装材料、标签提供的其他信息 | 搜寻品 |
| 贮藏加工品质 | | 动物福利、生物科技、环境的影响、农药使用、工人的安全 | 信用品 |

## 1.2　蔬菜安全的信用性与经验性的关系

如上所述,蔬菜安全属性包括三个层次:"感知不到"的信用品、"能被感知"的一般经验品和"吃倒人"的"强烈"经验品。三者之间存在某种连续状态。

一般认为,经验品属性由于可以被消费者感知到,因而,理性的生产者会预期到这一点,出于信誉的考虑,经验品性质的食品安全问题不应该出现在市场上。当发生食用农产品急性中毒时,就为消费者举报生产经营者提供了证据,这是生产经营者所不愿意看到的。同时,食物中毒,特别是大面积的食物中毒事件会引起新闻媒体和公众的极大关注,政府出于政治声誉的考虑,一定会严加查处,并且有些地方政府已经规定对因农残超标引起的农产品中毒事件必须依法追究责任。但当农药残留量在一定水平之下,消费者感觉不出来时,交易过程中安全属性的产权界定成本比较高,交易双方存在信息不对称,在当今诚信缺乏的社会背景下,生产经营者就会有违规使用农药的机会主义激励。信息成本越高,信息不对称的程度就会越高,逆向选择与机会主义就会越严重。在这种预期下,理性的生产者没有积极性,使得产品的不安全程度达到经验品的程度,生产者会"理性地"控制用药行为,使得大量蔬菜的质量安全水平控制在"信用品"的范畴,消费者察觉不出来。因此,食品安全的主要问题是由于信用品属性引起的信息不对称和逆向选择所致,主要是生产经营者基于经济利益(降低成本、改进外观、提高产量)的有意而为的行为(伍建平,1999;王秀清 等,2002;卫龙宝 等,2005),这也是目前大量研究所关注的。

但是,从我国食品安全的实践看,经验品(甚至是'强烈性'经验品)层次上的食品安全问题,时常发生,且往往更具有轰动性。因此,一些政府官员甚至提出:首先解决"吃倒人"的经验品问题,然后,才是"吃不倒人"的信用品问题。

要解决经验品层次上的问题,需要了解经验品性质上的食品安全问题产生的原因(经验品出现的逻辑)。信用品和经验品安全问题之间有没有先后关系?是否取决于两者产生的原因是否存在联系?目前,对这些问题的研究还不多,本部分就是要回答这两个问题。

### 1.2.1　经验性蔬菜安全问题的一般治理机制

从理论上讲,经验品问题可以通过声誉机制来加以解决,具体而言就是重复博弈和信誉机制。本质上是通过将来的惩罚来实现当期的合作。声誉机制能否起作用关键在于当前机会主义行为带来的收益和未来惩罚所导致的损失的比较。张维迎在他的"信息与信誉"中对声誉机制起作用的条件,进行了很好的概括,在此我们作进一步拓展和细化。

（1）个人的经验信息要能够为更多的人所共享。

个别人对产品的感知要能够通过传媒或私人网络为大众所共享，并且，共享性越强，传播的范围越大，声誉机制的作用越大。因为其他人可以利用这种经验信息对不讲信誉的人共同惩罚。

（2）信息传播的速度要足够的快。

从个人感知到感知信息的传播，时间越长，投机行为的收益越大，越不利于声誉作用。

（3）交易必须是重复的。

声誉机制起作用的条件是无限重复博弈。当交易不是重复的，或者当事人理性地预期到重复博弈的次数不会足够地多，那么未来的惩罚力度就不足以抵御当前的机会主义诱惑。

（4）社会要具有记忆能力。

对于企业而言，社会越是能够记住企业的行为历史，信誉机制越是能够起作用。这个条件与上一个条件有相近之处。

（5）企业必须有足够的耐心。

企业与个人对未来的价值越看重，信誉机制的作用越大。

（6）讲信誉与不讲信誉之间的净收益区别足够大。讲信誉的净收益越高，人们越是有积极性讲信誉。

（7）专用性资产投资越大，企业越讲信誉。

企业的专用性资产，既反映企业的长远预期，也影响信誉的净收益。

（8）人们的理性程度。

理性对于声誉的作用是正负兼有。有限理性可能导致人们讲信誉，也可能导致机会主义。如果消费者不能够迅速地识别出经验品，或者难以准确储存过去的记忆，理性的生产者就有积极性不讲信誉。反过来讲，如果有限理性的生产者不能发现机会，可以促进讲诚信。

类似的条件还可以列出更多项。所有这些条件（以及未列出的其他条件）都是通过影响当前的收益和未来的损失来发挥作用的。因此，在逻辑上，经验品问题不一定就能够被市场"治理"住，取决于机会主义行为的收益是否大于被发现后被惩罚所导致的损失。收益大于损失时，经验品性质的问题就会出现，这也是市场失灵。下面结合我国食品安全问题，具体讨论经验品问题出现的原因。

## 1.2.2 经验性蔬菜安全问题出现的原因分析

从我国过去的实践看，经验品层面的食品安全产生的原因，大体上有这样几个方面：

（1）垄断经营使得消费者不具有惩罚生产者的能力。

消费者在交易尤其是垄断性交易过程中处于弱势地位,即使感知了食品安全问题,也没有其他的选择,还得继续消费,消费者不具有惩罚或记住机会主义者的能力。如集体食堂,一些市场上销售不了的蔬菜、猪肉,很多都流入到集体食堂。笔者就曾经在学校的食堂吃到已经陈化的大米,也曾经数次吃到变味儿的猪肉,但是,由于到外面市场就餐有种种不便,只得继续消费。

给定消费者是理性的,并有两个消费地点(集体食堂、外部市场)可供选择,给定两个地点经营者都追求利润,市场竞争的逻辑结果是两个地点消费的性价比会趋于均衡,否则,性价比低的一方将会被淘汰。更进一步,给定消费者选择集体食堂消费的比较便利,那么,逻辑上市场竞争的结果一定是,市场的性价比在扣除了消费上的不便后,刚好等于公共食堂的性价比。如果根本没有竞争,或者市场消费极其不便,那么公共食堂的性价比可以差到消费者能够接受、经营者道德良心所能够维持的最低水平。一个直接的命题就是:公共食堂的质量水平是有市场竞争所决定,垄断程度越高的食堂,出现经验品的概念越高。给定消费者的弱势地位和社会道德水平的恶化,也就不难理解为什么近年来食品安全重大事故都出现在集体食堂。

(2) 消费者处于弱势,维权成本高。

对质量判断的模糊地带,从轻微的变质到严重变质,存在一个范围。受到利益的支配和知识约束,消费者与经营者之间对质量的判断认识可能存在差异。在这种情况下,由于消费者维权费用高(需要检测,或者到有关机构处理,采购点与消费点距离远),维权收益低(消费者的采购量较少),最终的判断还是以经营者的判断为准。认识到这一点,生产者就可能将质量水平进一步降低到"经验品"层次。解决这类问题的方法之一就是培育真正属于消费者自己的组织。

(3) 供应链内部交易环节多,交易主体数量大,交易的可重复频率不够高,市场信息不能够传递到生产者那里去。

以我国蔬菜供应链为例,首先是许多农户各自种植,然后是菜贩子收购,在产区批发市场上销售,然后,由销区批发商采购到销区批发市场销售,零售商从销区批发市场采购,再到自由市场销售。这样,即使消费者感知到了蔬菜质量问题,并且,惩罚了零售商,如果零售商/批发商后向溯源的能力差,或者溯源成本高,这种市场信号就不会传递到生产"经验品"的农户那里。因而,"经验品"会继续得到生产,并且出现在市场中。

流动小商贩也属于这一类型。传统上,我国的食品生产经营者都比较小(小农户、小吃店、小商铺),消费者也能够接受。这在一个固定的社区中不会存在问题,因为社区内存在着重复博弈,甚至关联博弈(一个方面的信誉对其他方面的成本收益产生影响),生产经营者会有积极性讲求信誉。但是,随着现代社会的流动性增强和城市规模的扩大,小规模经营的形式依然保留下来了,这时生产经营者会更快地感觉到机会主义的收益,而消费者则更迟钝,依然按照旧有的消费方式消费。因此,越是小的交易者,越是非一体化的供应链,越容易出现经验品问题。

(4) 政府的监管能力与积极性不足,惩罚力度小。

由于存在大量的生产经营者,特别是大量违法者,如果政府对每个消费者的投诉作出反应,需要大量的人力投入。这是政府所难以承受的。一般地,政府只有在发生重大恶性食品安全事故后才会出面干预,对于单个人或不严重的问题,政府往往不管或者管不过来。

近年来一些需要政府审批的药品企业,频频出现问题,就是政府不作为的结果。即使被查处,概率也很低。导致"理性"的生产者心存侥幸。

(5) 贫困者的货币边际效用更高,违法生产经营的激励强。

一旦发生严重病虫害,就意味着农户一个种植季节的收入以及寄托的全部"指望"都化为乌有。这个时候,农户"什么也顾不上了,什么药有效就用什么药"。即使出现了"经验品"问题,被政府找到的机会也很小。即使被处罚,对于这些贫穷的农民来讲(专用资产少),也几乎没有什么可失去的。另外,这类人群的居住条件环境差,一些不合卫生的加工条件,在他们看来已经很"卫生"了。一些"稍微"变味的食品,也是可以食用的。再加上一些人对社会分配不满,生产经营者对消费者缺乏关爱之心。这就是为什么从事劣质食品生产经营的往往属于低收入群体,信奉宗教的群体的食品安全事故发生率要低于不信奉宗教的生产群体。

因此,在某种程度上,食品安全问题反映了社会公平问题和社会伦理问题。贫困不仅对于贫困者是一个问题,也会带来其他的社会问题(贫困者往往也会导致犯罪问题)。解决的办法是,"仓廪实而知礼节"。

(6) 农户规模小,诚信生产的成本高,而投机行为的收益高。

对于小农户来讲,在生产上掌握安全控制病虫害的知识,需要的成本高,也没有规模效益。同时,对于小的经营者,即使有好的信誉,信誉的规模效益也极为有限。反过来,即使被发现有"经验品",受到的处罚很有限,也没有人能够"记住"他们的身份(交易者的数量太多,社会缺乏记忆),下次交易还能卖出去。在一个市场上交易被发现,可以转移到别的市场上去销售。

(7) 经营者没有长远的预期。

我国近年来也有一些大型的医药企业和食品生产企业出现了质量安全问题,某种意义上其部分原因可以归咎于公有制的产权软约束和经营管理者缺乏长远的预期。

(8) "理性"生产者控制上的"颤抖"。

"理性"生产者的利润最大化"目标"是将质量控制在信用品水平上。出现食用农产品中毒也不利于生产经营者,不是生产经营者所希望的。但是,生产者往往是有限理性的,在他们的"试错"期间,还不能确定多少用药量是安全的,也可能生产出经验品。

另外,属于"经验品",还是"信用品",也与消费者身体状况、天气、消费量有关。在低消费量下属于"信用品",消费量超过一定的水平就变成了"经验品"问题。

违规者在制造"信用品"过程中可能存在"控制"失误而发展成为经验品,于是出现了偶然的"吃倒"现象。这种偶然的"吃倒"现象只是"吃了不倒"生产经营体制的"颤抖"。而且生产经营者越多,个体越小,越分散(即一体化程度越低),其"颤抖"的概率越大。

还可能存在其他的原因导致经验品问题的出现。这些原因是如此之多,以至于在当前中国信用水平下,所能够交易的只是"搜寻品",甚至连经验品水平都达不到,更不用说是信用品了。要改变这一现状,关键是如何改变一些约束条件,使得重复博弈和声誉机制发挥作用。

### 1.2.3 经验性蔬菜安全问题的根源

因此,要治理"吃倒人"的经验品现象,必须治理"吃了不倒"的信用品现象,因为"吃倒人"经验品的问题本质上植根于"吃不倒人"的信用品,**"吃了不倒"是蔬菜安全监管面临的主要问题**(图1.1)。

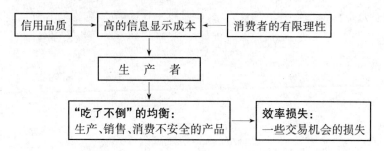

图 1.1  市场失灵与"吃了不倒"的均衡

在这个博弈中的共同知识是:生产者知道消费者知道生产者生产的是不安全产品,消费者知道生产者知道消费者知道生产者生产的是不安全产品,双方知己知彼,彼此心知肚明。因此,在现实市场中,没有信息不对称,生产者、消费者、政府都知道交易的是低质量的商品,他们支付和得到的是低价格商品。于是,安全的农产品从市场上消失了。显然,这是一个低水平的均衡,还有一些消费者愿意消费高质量的产品并支付较高的价格,同时一些生产者愿意供给高质量的产品,他们的潜在交易由于信息的不对称被排除在外。

# 1.3  小    结

综上所述,经验品问题是信用品问题的延伸,而并没有一个不同于信用品的逻辑和治理机制。"信用品"与"经验品"相比,不同的只是信号成本更高,要求的条件更严格。信用品需要用仪器测出,因而能被专业机构"感受到","经验品"则可以由普通消费者的感官感受到。如果信用品问题不能够被"经验到"(通过检测),那么,信用品问题便永远不会得到解决。因此,经验品和信用品问题都需要用信誉机制来解决。在具体措施上,都需要供应链的一体化、长远的预期、较大的经营规模等等。

消除了信用品问题,一定会消除经验品问题。但是,消除了经验品问题,不一定能够完全消除信用品问题。现实中出现的经验品是信用品的极端状况(或特例)。因此,**经验品层次上的食品安全,是信用品层次上的食品安全问题发展到了严重程度,是"露出水面的冰山一角"**。

由于信用品与经验品存在着这种联系,因此,下面的分析围绕信用品问题展开,说明政府、供应链、可追踪系统如何才能适应信誉机制的建立。其中的逻辑也同样适用于经验品问题。

# 2

## 我国政府对蔬菜质量安全监管的逻辑分析

　　研究证明,食品安全问题的主要根源在于食品质量的信用品特性和信息不对称,解决的根本措施是建立有效的信息发现、显示和信誉机制。在我国,政府充当了食品安全监管和信号显示的主要角色。为了应对不断出现的食品安全事故,我国政府也出台了一系列的政策、法规,如出台了《农产品质量安全法》等,在全国建立了食品监测网络,设立了众多的监管部门,但是,收效甚微。从"齐二药"、"欣弗"事件等"问题药品",到北京"福寿螺"事件,再到"牙防组危机",从"苏丹红"到"瘦肉精"再到问题食品添加剂,频频出现的、由于监管不力而引发的食品安全事故,已使监管陷入诚信危机。

　　面对这些频繁的食品安全事件,政府无法从根本上解决问题,一些运动式的检查不具有长效机制,不断推出的新的举措没有逻辑基础。政府对食品安全的逻辑和政府行为的逻辑不清楚,例如政府监管与市场机制的关系、信息监测与信息利用问题、多个监管部门的关系等。理解政府监管的逻辑,对于改革食品安全的监管体制,建立长期的演化目标至关重要。

　　如前所述,食品安全的信用品特性导致了市场失灵,食品安全处于一个低水平均衡状态。那么通过什么样的变革,才能由一个均衡调整到另一个均衡? 什么是我国蔬菜监管的理想目标? 从目前到未来的演化路径是什么? 什么是我国食品安全监管制度演化的第一块基石? 本部分将结合我们对浙江、山东、上海和深圳、武汉等五个省市的政府部门人员进行的访谈以及对其监管执法的深入观察,了解不同的监管体制下政府行为的激励和效果[1],同时,利用产权经济学和信息经济学原理,在一定的政府行为假定下,比较不同的权力配置结构的效果。本章在实践上对

---

　　[1]　本文的研究目的在于政府的行为机制的研究,而不在于对某个政府部门行为的"曝光",因此,在文中,我们将省去具体的单位名称。

于我国蔬菜乃至整个食品安全监管体制改革具有政策含义,在理论上,它将产权理论用于探究蔬菜农药残留这类信用品质的监管权力配置问题。

## 2.1　理想的政府监管行为

在理想的条件下,政府的干预可以为生产者和消费者提供参照信号,从而克服信息不对称带来的市场失灵(图2.1)。

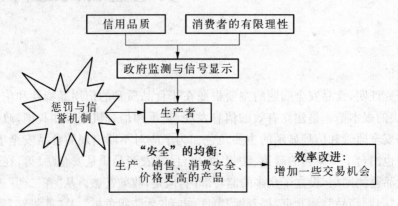

图2.1　理想的政府行为与"安全"的均衡

在这种逻辑框架下,蔬菜安全生产知识的积累机制、产品信号的管理机制(发送/揭示)、产品安全信息的认知,三个部分存在双向信息传递(图2.2)。其中,生产者积累生产与交易知识,取决于社区本地知识的创新、共享、提取和外部知识的传入。产品信号的管理,涉及管理机构对质量安全信息的揭示和生产经营者自身

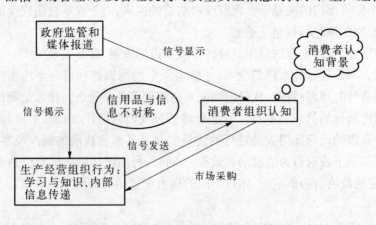

图2.2　蔬菜安全的信息与知识管理机制

的信号发送,包括对个体/群体的取样、信息的测量、信用的评估,生产经营者的广告、企业专用性投资。政府的管理本质上是通过对社会上产品质量信号的管理,为社会学习提供一个参照的信号系统。消费者对市场信号的认知涉及消费者群体内部的交流以及政府与消费者的互动,消费者的认知通过价格传递给生产者。

## 2.2 多部门监管与政府失灵

### 2.2.1 政府的"经济人"假设

然而,正如布坎南(James M Buchanan)所指出的,政府也具有"经济人"的特性。政府一方面希望获得监管的资源和权利,如认证权利、预算、声誉和职位提升等;另一方面又不想承担相应的责任。而保障安全是有成本的(花费资金、人力,并可能与生产经营者相冲突),在存在执法困难的前提下,一个"理性"的政府管理者往往存在一个最优的执法努力。目前,在我国严格监管需要大量的人力物力;我国农民收入低,完全销毁超标蔬菜将导致农户的巨大损失,其抗法激烈程度可想而知;给定市场上普遍的超标现象,严格执法,大量销毁蔬菜,将导致市场供应问题,不具有现实性;种植者、经营者数量多,政府监管难度大。因此,政府会隐藏信息,并在多个考核目标中追求容易考核的目标(如产量)。只有在食品安全"升级"为经验品质,被媒体曝光,上级追查时,下级政府便面临压力,才会查处(一般是来一次"运动式"大检查)。

### 2.2.2 政府监管工作质量的信用品特征

政府对信用品监管工作的质量本身更具有信用品特性。食品安全的信用品特征,又导致政府监管工作质量更强的信用品特征,其衡量的成本更高。即使政府不监管,社会大众也不会发现,部门之间的工作考核和责任界定难,因而,政府可能有偷懒的激励,从而导致新的信息不对称与部门间机会主义行为。

政府监管的信用品特性很好地掩盖了现有监管体制的低效率。现有的体制是垄断性的,政府体制本身没有来自市场的竞争压力,分段监管的低效率可能被隐藏在信用品的信息不对称"黑洞"中。对于"一吃便倒"的农药超标问题,生产经销者自身也有积极性来防止,只要农药超标的程度不会"吃倒"消费者,监管体制的低效率就可以不被发觉。只有偶尔的"经验品"事件,才暴露现有监管体制的低效率。遗憾的是,我国与农药残留相关的信息不可以在媒体上充分报道,因此政府监管的低效率不能被显示出来。从某种意义上来说,食品安全问题的本质是一个"体制"的问题。

图 2.3　无人监管的某地农贸市场

### 2.2.3　分段监管中政府的机会主义行为分析

现有的食品安全监管体制是对原有各部门职能的延伸,实行的是分段管理,农业、工商、质检、卫生各部门各管一段。虽然这种制度安排存在着体制上的稳定性及新旧职能之间的关联性,不涉及机构重组,利用原有体制的指挥协调系统履行新职责的边际成本可能较低。从表面上看,似乎存在多重保障机制,但实际上导致事前竞争预算和监管权利,事后推卸责任。重复检测造成资源浪费和企业负担,同时,彼此期盼,又造成管理的空当。

多部门分段管理体制会导致团队工作方式下部门之间的"搭便车"与"囚徒困境"问题。一方面,蔬菜安全监管涉及多个环节的协同努力,每个部门都觉得自己单独行动无能为力,而协调起来共同行动又很困难,因此,每个部门便会不作为。

另一方面,一个部门的监管成果,很容易为其他部门所攫取,一个部门的监管问题,也容易推诿到其他部门。如果各部门都指望其他部门控制,那就成了"囚徒困境"。看似层层设防,实际上存在管理空当,这些已成为目前监管体制广受批评和实际问题存在的原因。

---

### 检查累坏企业 到底多少"大盖帽"管一块月饼?

更新:2006-9-18 来源:南海网-海南日报

"月饼还没上市销售,我们就为应付各种检查耗费了大量精力,累啊!"海口一家月饼生产企业的负责人今天向记者诉苦。他说,生产月饼这么多年,一直搞不明白,到底有多少顶"大盖帽"在管一块月饼?

……

月饼生产企业普遍反映,在月饼生产高峰期,几乎每天都要应付省、市、区、所等各监管部门的检查。有时每天来检查一次;有时一个部门来检查,有时几个部门联合检查;有时前脚一拨刚走,后脚跟着一拨又来;有时省里的检查刚完,就迎来了市、区、所的检查,企业心里叫苦但也没有法子。

……

记者在采访中听到企业这样的疑问:一块月饼究竟需不需要这么多的部门来监管?

对此问题,有关部门的回答是,监管部门各有各的职能,比如质监部门检验产品是否符合国家标准,卫生防疫部门检查企业生产卫生条件,工商部门则对上市的月饼进行检查,打击制假造假。各监管部门职责不同,决定了一块月饼必须经过多个部门的有效监管,才能保证安全。

……

---

多部门监管体制的这种团队性质,尤其不利于食品质量的信誉机制的形成。首先,"政府监管的信誉"成为公共品,大家都会利用,但都没有积极性维护,各个部门有积极性发布一些正面的信号,而没有积极性发布负面的信号(甚至有积极性隐藏负面的信息),因为,负面的信号往往会导致相关方面的利益损失和社会阻力,更重要的是,负面的信号往往被认为本部门监管的失职。正因如此,我国建立了大量的食品安全检测中心,进行了无数次的抽测,但是,消费者和相关的经营者,不能获得相关的信号,政府监管与市场机制相互脱节。另外,信号资源高度分散,消费者没有可供决策的信号。这种现象被人们戏称为"八个部门管不

住一头猪"。

---

### 上海瘦肉精事件让监管跌入诚信门
来源　红网　2006年9月18日

近日,上海连续发生"瘦肉精"食物中毒事故,波及全市9个区、300多人。引发此次食物中毒的"罪魁祸首",居然是一批具有合法检疫证明的猪肉及猪内脏。(9月17日新华网)

问题外衣一揭开,各个部门开始找理由卸责了。上海市食品药品监督所＊＊说,他们要求对屠宰前的每批生猪,进行尿液中的"瘦肉精"含量检测的;上海市整顿和规范市场秩序领导小组办公室＊＊说,对于"瘦肉精"的监管"有的环节几个部门管,有的环节没有部门管"、发生问题相互推卸责任的局面;还请专家出来解释,"瘦肉精"很难检测等等。

更要命的是监管部门在找不监管的"规定"。虽然2005年,农业部就已经专门下发了有关加强"瘦肉精"等违禁药品专项治理的工作通知,但由于我国现行法律法规,并没有强制性要求肉品上市前进行"瘦肉精"含量检测,所以这成了一些监管部门不检测的主要理由……

监管一而再地"失守",老百姓还能信任你们吗? 向公众推卸自身责任其实是最不"诚信"的表现……

---

此外,分段监管体制降低了供应链上交易主体间的不确定性。市场交易主体之间为了识别食品安全的交易成本由政府承担了,交易的不确定性减少,有利于市场交易,但不利于供应链的一体化(Hobbs & Young,2000),而政府的信息成本要远高于市场的信息成本。

因此,从表面上看,食品安全的出现是企业唯利是图所致,政府在不遗余力地对非法的不安全产品进行监管打击。然而,进一步的逻辑分析表明,之所以存在食品安全问题,其根源在于政府,而不是企业。分段管理下,部门之间存在机会主义、重复检测、相互指望、交叉模糊地带没人负责、监测与执法分开,没有有效地生产出社会需要的信号来,导致社会(生产者、消费者)学习机制的失败。

给定食品安全品质的信用品特征、食品安全监管的信用品特征、多部门监管的团队特征,一个直接的推论是:生产者会控制农药超标量不至于到"吃倒人"的水平,社会大众不会意识到农药超标,政府不监管信用品,而主要对付经验品、上级和媒体。我国的食品安全基本上处于"无政府状态",处在市场自身所能保障的水平,或者是生产者的社会良知所控制的"自然"状态。取消现有的所有政府监管措施,对于信用品层面上的食品安全没有影响(图 2.4)。

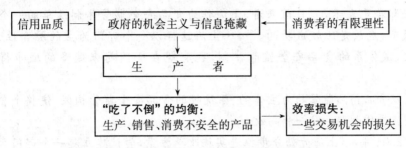

图 2.4　政府的机会主义行为与政府失灵

## 2.3　政府的一体化监管

政府的一体化监管,可以降低政府内部的交易成本,提高政府的积极性,可以促进供应链的一体化,推动整个食品安全生产体制的演化。

根据产权经济学的理论,当交易中产权界定的交易成本很高时,通过一体化可以节约交易成本,并且,产权应该给予最有能力控制该属性变化的一方,这样可以减少测量的成本(巴泽尔,1997)。因此,当界定多个部门之间的责任比较困难的情况下,需要把责任内部化。这个结论得到了调查的支持:政府监管越是相对集中,监管的有效性和积极性更高,相反,多部门监管的效率与效果较差。

我国政府也意识到了分段监管中带来的问题,并成立了国家食品药品监督管理局,意在协调各部门职能,但是由于实际的职能分散在各个专业部门,并且国家食品药品监督管理局对相关部门没有领导指挥关系,所谓的协调功能很难履行。

近年来,一些地方开始尝试食品安全监管的一体化。上海为了解决各个部门监管的脱节问题,迎接世博会的召开,实行了由食品药品监督管理局总管所有的食品安全。管理者的初步结论是,"管得很累,但管得很有价值"(2005 年南京农业大学国际食品安全研讨会)。

**上海食品安全体系监管模式有望在全国推广**

作为国务院确定的食品安全监管体制改革的试点城市之一,上海以职能划分和机构改革为先的改革模式,正受到越来越多的关注。据 2007 年 3 月 13 日《21 世纪经济报道》报道,3 月 9 日,上海市食品药品监督管理局办公室主任郑春元表示，"目前来看，上海作为食品安全监管体制改革的一个试点城市，应该是比较成功的。"……上海这样以一个部门为主的综合性、专业化、成体系的食品安全监管体制，也有望在全国越来越多的城市得到推广。

以食品药品监管局为主体的、系统性的食品安全监管构架，使整个食品安全监管体制趋于统一和高效。

2004年底，上海开始分步推进实施改革方案，尝试建立起一个部门牵头的食品卫生监管体系……基本确立了以食品药品监管局为主体的、系统性的食品安全监管构架……郑春元表示，上海改革的最终目的，还是要通过分阶段的改革，最终在食品的生产加工、流通和消费环节形成由一个部门为主的综合性、专业化、成体系的监管模式，使整个食品安全监管体制趋于统一和高效。

郑春元还指出，上海是一个消费型城市，近六七成的食品是其他省市企业提供的。在无法对源头地实施监控的情况下，未来食药监部门将重点做的工作是进一步贯彻"龙头管源头"的策略。通过进一步完善和健全我们的抽检监测网络，加强对大型批发市场、超市、卖场等食品供应商的监督抽检；建议食品批发商与上游供货商签订食品安全质量担保协议，当"龙头"被监管部门抽检予以查处时，可以通过协议来向上游供应商索赔……

期待更多地方借鉴上海模式，稳妥实现食品安全监管职能全面调整。

过去的一年里……众多的食品安全事件着实让老百姓担心自己的餐桌安全。更为奇怪的是，几乎所有的食品安全问题总是媒体曝光在先，相关部门查处在后。人们不禁要问，食品安全监管哪去了？在今年的"两会"上，全国政协委员陈万志一针见血地指出食品安全事故频发的根本原因，"就是因为食品安全监管制度有硬伤，所以才导致七八顶'大盖帽'也管不了问题食品的现状。"……我国的食品安全监管体制采取多机构分段管理模式：从初级农产品生产环节到食品流通、综合监管、标准制定等，食品药品的安全监管至少牵涉到农业部、质检部门、工商部门、食品药品监管部门、卫生部、发改委和商务部等多个部门。但是，多头管理、权责不明也正是造成食品药品安全问题频发的体制性因素。而在上海展开的食品卫生监管体制改革，就是试图从这个体制性困局入手。在2005年初，上海成为食品安全监管职能调整的试点城市，逐步在食品的生产加工、流通、消费环节建立起"由统一部门为主的综合性、专业化、成体系"的食品安全监管模式，使食品安全保障水平不断提升。

……据我们监测,沈阳在总结上海市的经验后,开始尝试调整食品安全的监管职能,将生猪屠宰、食品流通、消费环节的监管职能归并到食品药品监管部门,使原来食品安全监管由多部门归并为农委、质监及食品药品监管局三个部门,率先在全国副省级城市中建立起一套比较理想的食品安全监管体制模式。

我们期待着更多地方能借鉴上海模式,稳妥实现食品安全监管职能的全面调整。

**(北京领导决策信息中心 2007 年 3 月 21 日)**

在深圳,蔬菜基本由外地供应,农药残留监管的任务由无公害农产品监测站一家负责,该站在批发市场上设置检验室,24 小时抽检,还在零售市场上抽检,并拥有行政处罚权。布吉市场(图 2.5)上的抽查力度要高于我们所调查的武汉白沙洲批发市场。这显示一体化管理可以导致更强的责任心。

图 2.5　夜晚繁华的深圳布吉批发市场

我国所有出口蔬菜的质量控制,都只涉及一个部门——国家质检总局下属的出入境检验检疫局监管。在这样的制度下,我国几乎所有出口蔬菜的农药残留都控制得较好,这也说明一个部门监管就够了。

下面是笔者在调查某农产品批发市场过程中与某市场管理员的一段对话：

**笔　者：** 市场自己还检不检测？

**管理者：** 现在 ＊＊市农业局在这里设一个定点检测站。有了这个检测站，我们主要是配合教育商户。本来是我们自己检测，然后农业局也投资，比较贵的设备，从美国进口的，好像一套100多万吧。我们市场也没有设备。刚开始我们自己也小打小闹，后来就接受了……因为他们更有权威点，也更准确点。

**笔　者：** 那你们在检测质量方面是怎么做的？

**管理者：** 抽检。但是菜这么多，每天不可能都检测。有时候有代表性地抽一两样。

**笔　者：** 每样都抽检？

**管理者：** 不是说每样都抽检，不可能，只是对那些容易出问题的菜。像那个天光场，每天抽200个样本。像这个萝卜就不用抽啦，像这个瓜类的就比较少。

**笔　者：** 那就是说，每个月是不是每个老板都能抽到？

**管理者：** 都能抽到。基本上天天都抽。农业局药检部门每天有四五个人，有的还是博士生。我们主要是配合。结果出来后，我们再去处理。检测结果给他看一下，签个名。

**笔　者：** 那现在这个检测对老板们有没有影响？

**管理者：** 他们是没办法，进我们这里要归我们这里管理。

**笔　者：** 有影响？

**管理者：** 肯定有影响。前几年，菜农种的，1/3都……自己种的，农药放得很多啊。都超标了，没收了，销毁了，损失很大。就不敢再来第二次了。现在我们场地是不够用。如果一次次超标，那干脆就清除出场地。……损失几次，就是几万、几十万的事。

**笔　者：** 卖到香港去的菜呢？

**管理者：** 不是我们检测，拿到香港的菜是很严的。

**笔　者：** 也不是农业局的那个检测站？

**管理者：** 不是，这个是进海关的，他们很严的。

　　同时，世界各国政府食品安全监管改革也呈现出一体化趋势。

　　1993年，加拿大农业部发起了成立由多个部门、所有层级参加的一体化的食品检测系统的动议,1994 年又设计了加拿大食品检测系统(Canadian Food Inspection System,CFIS)计划,随后,该计划得到卫生部的认可。CFIS 消除了多部门重复检测给产业界带来的不便和资源浪费,同时取得了联邦各省和自治领在法律执行上的协调。

2001 年,德国将原"食品、农业和林业部"改组为"消费者保护、食品和农业部",接管了卫生部的"消费者保护职能"和经济技术部的"消费者政策制定职能",对全国的食品安全统一监管。

丹麦将原来担负食品安全管理职能的农业部、渔业部、食品部合并为食品和农业渔业部,形成了全国范围内食品安全的统一管理机构。丹麦政府部门的分工原则是"一件事情只做一次"。丹麦畜产品安全的主要事务委托给丹麦农业咨询服务中心(非政府组织)来监管,而这个服务中心是经由国际认证组织认可的,服务中心的监测认证报告,被食品加工企业接受(2006 年 2 月 27 日至 28 日,在海口召开的由欧盟小额便捷基金项目所支持的中国—欧盟国际研讨会上,丹麦农业咨询服务中心的 Gustaf Bock 演讲)。

美国政府责任办公室(US Government Accountability Office,GAO)2005 年 2 月提供了一份给国会的报告,调查了七个国家(包括加拿大、丹麦、德国、爱尔兰、荷兰、新西兰和英国)整合食品监管机构的经验。这七个国家都是高收入国家,消费者对食品安全的要求很高。它们都只建立一个机构来领导食品安全管理和执行食品安全法规。这七个国家被访问的官员、产业界和消费者一致认为,整合的好处超过缺点。这些好处包括:整合提高了安全管理的效率与效果,包括减少重复检查,各部门责任更清晰,法规的一致性和执行的时效性更强等。此外,加拿大、丹麦、荷兰还认为整合减少了成本,如荷兰认为机构整合节约了 25% 的人力成本。

当然,这七个国家也面临一些挑战,比如,需要决定是在已有的健康或农业部门的体制内部建立一体化监管机构,还是建立单独的机构;此外,还要帮助新部门的雇员适应新建立机构的文化,并且支持新组织的任务安排。此外,美国农业部(USDA)和卫生部(HHS)对此报告的可靠性有质疑,并且认为他们部门间合作得很有效。

另外,Vetter(2002)的研究证明,政府多个部门的监管不利于供应链的一体化。

一体化监管则将"市场交易"转换为"科层内控制",产权更明晰,只有一个部门对食品安全负责,可以减少部门之间的责任纠纷和机会主义,从总体上优化监管资源的配置,有利于安全监管知识的积累,符号资源的相对集中,形成一个有效率的信号生产和社会知识管理系统,为市场选择提供可依赖的信号,解决信用品属性导致的信息不对称(图 2.6)。

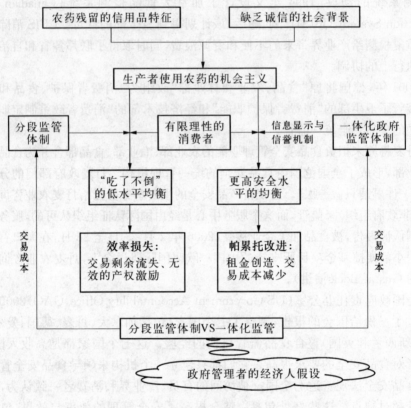

图 2.6　多部门分段监管与一体化监管

## 2.4　一体化监管与供应链的一体化
### ——以蔬菜产业为例

　　政府监管的一体化,往往会导致供应链的一体化。在一体化监管制度下,政府会在整个供应链中选择最有效的监测点(这一点在上海的体制中得到证明),并促进监测点以前的供应链某种程度的一体化和信誉机制的建立,利用供应链内部的控制机制来控制食品安全,起到"四两拨千斤"的作用,降低政府的监管成本,同时推动市场机制演化,形成公私合作治理机制。政府的一体化监管和供应链的一体化是两种有效率的信号生产与知识管理制度,相互依赖、协同演化。

　　首先,一体化的政府会选择只在供应链的末端进行监管,如以超市等零售商为对象,通过检测、信息公开、惩罚、保险等措施来保证蔬菜质量安全。以超市为例,它在市场上具有一定的规模和专用性资产,经营具有长期性。同时蔬菜一般没有品牌,大多以超市的品牌销售。因此超市在蔬菜安全方面的信誉不仅会影响蔬菜一种商品的销售,也与超市在其他产品或服务方面的信誉密切相关。在政府集中监督超市的情况下,如果超市"违规经营",它受到惩罚的可能性和程度都会很高。在现代生产方式下,消费者离生产者越来越远,由超市/零售企业承担安全责任,对消费者理赔,然后再追溯生产者的责任,这种情况下蔬菜安全责任的处理成本低①。事实上,超市是有积极性控制蔬菜安全的,如 EUREP/GAP 和 BRC 全球标准都是由零售商发起制定的认证标准。

为了建立超市的信誉,引导超市模式的发展壮大,政府需要公开、比较超市之间以及超市与农贸市场之间的检测结果,或者,政府对纳入检测的超市的蔬菜提供保险。例如,深圳市采取了对经营问题食品的超市的曝光制度(并且超市存在着欠款交易),让超市更有积极性控制食品安全,收到了良好的效果。又如香港农林署,他们在批发市场检测并收费(香港批发市场是唯一的进入零售市场的蔬菜通道),并销毁所有的不合格蔬菜。此后凡在超市等零售市场购得超标蔬菜的,农林署负责赔偿超市由此遭受的损失。这就发出了一个强烈的信号——超市的蔬菜是安全的。

但是,若政府只监管末端企业,蔬菜供应链上游的企业由于没有了来自政府的监督压力,机会主义行为将会增加。在政府的末端监管机制下,只要政府的惩罚大于末端企业提供低质量蔬菜获取的收益,那么末端企业就有积极性进行市场检测,否则将承担不合格蔬菜造成的损失。在这样的制度安排下,末端企业实际承担了多部门分段监管体制下由政府承担的检测成本。

> **下面是笔者在调查某农产品批发市场过程中与某市场管理员的一段对话:**
>
> 笔　者:如果消费者买这个蔬菜,发现有问题,怎么办?
>
> 管理员:现在消费者一个是在农贸、一个在超市。超市的话好说,农贸也能找
> 卖菜的。卖菜的再来找谁批发给他的,那个批发的又来找……我们
> 这样就减少了很多环节,查出来有问题就把它扣下来……每个月都
> 在报纸上公布,10 号。这个版面费,228 万,农业局出。我们根据

---

① 有些学者认为政府监督的对象不应该是零售商而应该是批发商,因为蔬菜安全问题(主要是农药残留)只会发生在生产环节,在流通环节是没有农药残留问题的,因此政府只要在流通环节上选择某一点进行监督就可以了(从检测的次数看,单点检测比全程检测的费用低,且效率高)。显然零售商的数量比批发商多,因此监督批发商要比监督零售商的费用更低。但本文指出,蔬菜安全属性是非常复杂和多变的,绝不仅仅是农药残留问题,虽然它是最主要的信用性的蔬菜安全属性,还包括其他很多属性,也就是说,流通环节中一样存在蔬菜安全属性发生变化的可能性。从这一点上讲,末端监管才是真正避免重复检测、降低交易费用的监管方式。

快速检测,筛选出来后,我们出报告,我们实验室通过国家认可……超市就有压力了,连续几个月出问题就执法,现在我们也有执法权。

**笔　者**：你去查超市,你肯定不会去管它的供货商,只是管它这个超市?

**管理员**：我们不管,他自己……谁给你供货的你不去找他……我们查一次有问题,两次有问题,我们就会跟踪……如果你一直有问题,那就上升到执法阶段了,你卖菜赚多少钱,我们罚一次1到5万。我们罚过几家,宝安罚过几家,南山罚过几家,你说卖菜赚多少钱? 一下罚你1万,5万,你说你还不从质量安全这上面考虑? 就是你有时候自购的,不能保证质量安全的话,就找那个配送,让他去负责,所以现在我们这儿查了以后,配送的发展很快。现在配送的,都要求他有检测设备,至少有个快速检测,他把一个关以后,稍微有一点技术了,再从进货渠道上注意一点,这样好很多了。

……

**管理员**：以前还有些超市,我就自己去(市场采购蔬菜),把给配送商的那部分钱,也赚了。现在的话,我们查的严,他怕我们执法,媒体上给他公布呀,他就要注意,人家一看,你是倒数第几,什么也不能去你那里买。你说菜管不好,那其他能保证管得好? ……你说那个配送的话,他也分了一部分利润去了。你赚我一部分钱,我要把大部分责任都转嫁过去,而且配送这个经营啊确实是,现在有些大的配送……甚至是有检测仪器,气象色谱都有,这个就非常好。

**笔　者**：你们是监管配送还是监管超市?

**管理员**：我们还是检查超市。超市,反正我罚你,你不能出问题,你出了问题,我就处理你……你超市就要想办法把质量搞上去,那我们的目的也就达到了,我们给你压力,你想办法……

但是,由于蔬菜安全属性的信用品特征,末端企业进行市场检测同样会面对原来由政府承担的高昂的检测费用。在一定的技术水平和政府末端监管下,末端企业降低检测费用较为可行的办法就是采取紧密的蔬菜供应模式,以建立和上游供应商的长期关系。当然,末端企业也不会和所有的上游企业都建立长期关系,它只需要紧密地联结离它最近的上游企业就可以了。它的上游企业选择什么样的供应模式由其自主选择。而可以预测的是,它的上游企业会采取与其相同的供应模式紧密化战略。这样,通过一级级传导,一层层控制,检测(监督)费用和蔬菜安全属性的产权在整个供应链内部得到了重新配置,使产权进一步明晰化。同时,政府的末端监管或检测越严格,蔬菜供应模式的紧密程度越高。我们在调查过程中观察到了这种运作逻辑,例如,所有出口企业(如安丘市外贸食品有限责任公司、临海市上盘镇西兰花出口企业、湖北易生生物科技有限公司、浙江的茶叶出口企业等)都面临来自海关或商品检验检疫局的严格检测或监督,他们的供应模式要比内销企业的供应模式紧密得多。

## 2.5  对政府的约束与多元治理机制

没有监督就没有激励。政府一体化监管的效果还有赖于社会对政府的监督。同时,政府的监管资源也是有限的,质量的监管还需要借助市场化的认证组织、行业协会、供应链体系来共同治理食品安全。

发达国家的蔬菜农药残留信息不对称问题的解决是通过自由媒体、竞争性第三方认证市场、行业协会(农民合作组织)、社区组织、政府监管、供应链内部控制等多种组织协同演化、相互制约来共同实现的。其关键是通过少量的监测使得各方具有积累信誉的积极性。通过信誉机制来解决信用品信息不对称问题。而信誉的建立意味着租金的创造。因此,他们的食品安全管理制度是利益相关者自我激励、自组织多层次、多组织以信誉为基础的公私治理机制。

我国的行业协会等生产经营者的组织不发达,一个超强的政府监管部门要面对大量分散(而不是有组织)的小规模农户,监管成本奇高。而分散农户用药行为又恰恰是食品农药残留控制的难点与重点。一个社会越是组织化,越是利用社会结构(社会网络)来管理,交易成本越低;而组织化的社会,便会形成重复博弈和信誉机制,一个以声誉为基础的社会的管理成本更低。社会结构化就是使得人们相互联系的非均匀化(自由度增加/墒减少)。结构化以后人们的利益/成本便受到了少数人的影响,偏好和行为习惯固化和偏向化,个人在社会中受到了各种正式与非正式制度的约束。他们的理性是在一定制度约束/支持下的理性。当我们了解或设计了他们的外部制度约束时,他们的行为就会变得更有规则和可预见性,随机性减少。政府利用各种组织为中介来进行控制,社会合约的数量减少,同时,利用已有的社会约束机制(显性、隐性规则)进行控制,社会控制因而变得相对容易(利用社会共享知识、知识的分工、政府需要记忆和使用的知识减少)。一个有组织的社会的社会控制成本低。一个有组织的社会,通过组织之间和组织内部的专业分工,可以扩展个人的认知和知识边界,组织是一个知识的储存器。同时,社会的组织化,将大量的外部交易内部化,以内部的控制替代外部的市场,社会的合约数量减少,交易成本降低。社会的组织系统本质上也是社会知识的储藏系统。

我国理想的食品安全治理机制(图2.7)可以归结为:开放认证市场,让认证企业积累和管理食品安全的知识,承担消除信息不对称的交易成本;利用供应链、社区合作社、行业协会等各种社会结构和规范约束,把农户分别纳入不同的社会结构之中,食品供应链形成相对稳定的市场供求客户关系,迫使生产者组织积累安全生产方面的知识;让政府和媒体监督、约束认证企业的机会主义行为;消费者只需要了解哪种标示更安全(将信用品质转变成搜寻品质)。所有的相关知识都以规则(Habit & Routine)形式,被储存在最有积极性开发、保存这些知识的组织之中,缓解了个人的认知负担,扩充个人的认知边界,从而使社会知识的管理成本(交易成本)较低①。

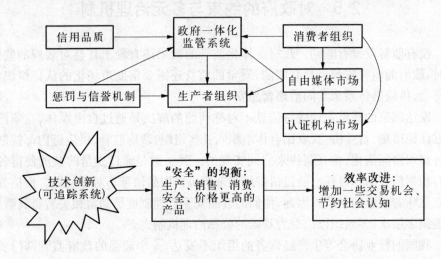

图2.7 我国蔬菜安全治理机制的理想目标

其中,认证市场的开放、自由的媒体是建立我国符合市场经济要求的食品安全监管体制的首要条件,由此引发其他制度的演化,打破现有食品安全的均衡陷阱,使得食品安全水平演化到更高的均衡水平。

## 2.6 结 论

政府行为的逻辑在于:食品安全问题根源在于其信用品特性与信息不对称,

---

① 制度支持理性:个人不能理解每一件事情,了解所有的信息,这样个人的认知负担很大。而是让一部分人成为专家,积累大量的知识,大部分人只要相信专家就可以了(节约大部分人的理性),而为了使少数人成为专家,大部分人必须支付专家的服务,为了使专家不至于骗人,要形成专家之间的竞争市场和社会的监督。政府部门不适合专业化,因为政府中人员流动性强,组织中知识积累能力弱,个人前途的不确定性也不利于个人积累专用性知识。

而实现完全的信息对称,成本太高,需要以信誉为基础,其信息成本才会较低。政府的监管信息是建立信誉的重要基础,但是,只有在政府自身有信誉的条件下,才能给予被监管者以信誉。要使监管者树立自身的信誉,必须要有使监管者建立信誉的激励机制,即必须给予监管者拥有所建立信誉的完全产权,一体化监管下的责任指向明确,分段的监督体制将信誉的产权配置给了不同部门所共享,这样必然导致各方的"搭便车"行为。由于食品质量安全的信用品属性,导致政府监管质量的信用品属性,责任界定成本高,因此,用一体化监管,将各个部门之间的责任界定内部化,用内部的指挥协调成本,取代多部门监管体制下的部门之间的责任界定成本,可以节约社会的交易成本。即使有了一体化监管,还需要监督政府行为,提高政府的工作积极性。同时,政府的资源是有限的,还需要利用供应链、社会网络多种治理机制,以节约政府的监管资源。显然,政府行动的逻辑是与市场行动的逻辑相关联的。

食品安全管理的实质是建立一个有效率的信号生产系统,通过社会信息的理解、记忆、储存、共享,来塑造社会的共享心智模式(博弈的共同知识),农户知识、监管部门的知识、消费者知识低成本地共享和沟通,节约社会的认知负担。食品安全管理中,食品风险的分析、评估与通讯、管理,在生产、传递、共享信号和构建社会心智模式(共同知识)中起到了重要的作用。

笔者在2007年曾就上述分析框架与华中农业大学县(市)级干部培训班的学员(湖北省黄冈地区县区长)作了交流和问卷调查。大部分干部对此分析表示接受。但也有少数干部对其中的"极端"推论表示质疑。但是没能从逻辑上加以反驳。笔者认为,此逻辑可以解释政府官员的大部分"理性"行为,对于政府官员的"非理性"或有限理性行为,不能提供解释。这些行为使得多部门监管不至于成为纯粹的机会主义行为。

# 蔬菜供应链中的组织形式与
# 蔬菜的质量安全水平

科斯(1937)的研究方法和传统的研究方法都把人们之间的相互作用分为两类：一种是在市场上进行的，另一种是在企业内进行的。不论在哪种情况下，这样的分类都不是详尽的(巴泽尔，1997)。张五常(1983)指出："企业"这一名称下的组织是多种多样的，而且，更重要的是，没有一个令人满意的可操作的企业定义。张五常认为，经济学家们应当放弃企业作为他们的分析的工具，而应把注意力放在合同上。

合同是对交易者的行为施加的限制。根据合同，每一个所有者都将或多或少地承担与其投入有关的变化性的影响。"企业"是在合同安排下组织活动的一种方式，不同的合同安排代表不同的"企业"。因此，"企业"的本质是一种合同(关系)代替了另一种合同(关系)。Mighell & Jones(1963)按照合同关系的紧密程度(由低到高)依次将其分为三类：市场导向型(market oriented)、产品管理型(production management)和资源提供型(resource providing)①，但这种分类方法不能完全涵盖现实中交易者的合同关系。交易者之间的合同关系是一个统一的连续体，除上述三种类型的合同关系外，还存在许多中间性关系，而且相当稳定②。

近年来，为解决小农户与大市场的矛盾和日益突出的农产品质量安全问题，包括蔬菜在内的我国农产品供应链中不断涌现出各种新型的组织形式。基于我们在山东、浙江、湖北等地的调查，本文选择了几种典型的蔬菜供应链中的组织形式，旨在考察这些组织形式背后的"约束条件"(constraints)及它们与蔬菜质量安全水平

---

① 这第三种合同关系是最为紧密的，类似于完全地纵向一体化(传统意义上的企业)。因为难以区分，有时候也将后两种契约统称为"产品契约(production contracts)"。

② 供应链管理理论将交易者之间的合同关系称为供应链中的纵向协作(vertical coordination)。

之间的关系,这对于推动蔬菜产业组织创新、解决蔬菜质量安全问题、提高人们的生活质量和健康水平具有重要意义。

# 3.1 案 例 介 绍

## 3.1.1 临海市上盘镇的三种组织形式

浙江省台州临海市上盘镇,地处浙东南沿海的台州湾北岸,素有"翼龙故里"、"全国象棋之乡"的美誉。上盘镇人民从 20 世纪 80 年代初就开始大规模种植白菜花。1989 年,80 户农户开始引种西兰花,试种面积 24 hm²。凭借得天独厚的自然条件(郑卫兵,2004;苏英东 等,2005;苏英东 等,2007),经过十几年的曲折发展(表 3.1),上盘镇已成为全国规模最大的冬、春西兰花生产基地,总产量占全国的 1/3,并辐射到三门、椒江、温岭等邻近县市及浙东沿海,形成了台州乃至浙江东部的一个特色产业带,被誉为"中国西兰花之乡"。"翼龙"牌西兰花在 2002 年 12 月获浙江省绿色农产品认证,生产基地获浙江省无公害农产品基地认证,2003 年获全国无公害农产品认证,2005 年通过 HACCP 质量管理体系认证。

表 3.1 上盘镇西兰花种植面积发展情况　　　　　　　　单位:公顷

| 年　份 | 1995 | 1996 | 1997 | 1998 | 1999 | 2000 | 2001 | 2002 | 2005 |
|---|---|---|---|---|---|---|---|---|---|
| 面　积 | 135 | 270 | 530 | 1000 | 2000 | 3300 | 6000 | 6600 | 6667 |

资料来源:临海市蔬菜技术推广站。

西兰花主要销售途径为保鲜、速冻出口与国内市场的鲜销。从出口量上看,据台州市进出口商检部门统计(表 3.2),保鲜西兰花出口数量从 2003 年开始出现了强劲增长势头,比 2002 年度增长 68.5%,2004 年增长 47.4%,2005 年的出口总量为 16 123 t,比 2004 年增长 15.9%,出口总值高达 115.8 万美元,比 2004 年增长 35.3%。从出口地区看,主要是日本、新加坡、马来西亚、韩国、加拿大及中国香港、台湾地区。2004 年出口到日本的西兰花达到 7000 t,在日本市场上的占有率从 2002 年的 2%,提高到了 8%。出口到韩国和东南亚诸国及中国香港、台湾地区的西兰花达到 5000 t,市场占有率达 25%。在内销市场上,由于质优价廉,批量大,上盘镇西兰花已在国内很多蔬菜批发市场立足生根,在国内冬春西兰花市场具有举足轻重的地位,市场占有率达 80% 以上,全国冬春西兰花市场价以临海市上盘镇(劳动村)交易价为中心。西兰花成了上盘镇人民的"致富花"。

表 3.2　通过台州市口岸出口的保鲜西兰花数量　　　　　　单位：吨

| 年　份 | 2000 | 2001 | 2002 | 2003 | 2004 | 2005 |
|---|---|---|---|---|---|---|
| 数　量 | 3 210 | 6 890 | 5 595 | 9 455 | 13 899 | 16 123 |

资料来源：台州市商检局。

## 1. 西兰花产业组织的演进过程

经过十几年的发展，上盘镇西兰花产业从初期的散户种植、无序竞争的局面逐渐走上了产业化、规范化、合作化的发展道路。追溯上盘镇西兰花产业组织演进的过程，可以将其分为三个阶段（唐勇，2003）。

（1）"小农生产＋小市场"阶段（1989～1995 年）。

这一时期，上盘镇的西兰花种植主要是为周边地区的椒江冷冻厂、萧山宁围食品厂等食品加工企业提供原料。其产业状况是以农户家庭为单位组织生产，散户经营、单一种植，种植面积小，发展缓慢（到 1995 年区域内种植面积才不过135 hm²）。西兰花种植户普遍缺乏市场营销观念，市场信息闭塞，销售渠道单一，西兰花种植严重依附于周边的几家食品加工厂，属于"小农生产＋小市场"的产业化初级阶段。

（2）"公司＋农户"阶段（1996～2001 年）。

1996 年后，区域内相继涌现出一些专业运销企业，打开了北京、青岛、西安、沈阳等北方大城市的西兰花市场。1999 年 3 月，第一个装满上盘西兰花的集装箱运往日本东京，成功地打开了日本市场。与产品出口配套，在区域内相继成立了若干家西兰花加工企业，规模较大的有翼龙农产品有限公司、天时农产品有限公司、丰达蔬菜保鲜厂和飞跃蔬菜保鲜厂，其中，有些公司已获得自营出口权，翼龙公司还建立了自己的网站，在西兰花自营出口和现代化市场信息体系建设等方面取得了新的突破。

（3）产业合作社阶段（2002 年开始）。

随着农村市场化、国际化进程的加快，与其他农产品一样，上盘镇的西兰花产业在发展过程中也面临着一些新的问题：

1）由于市场信息不灵，农户种植的盲目性较大。

2）分散经营下，缺乏完整的技术体系、规范的操作方法和产品质量标准，难以适应市场需求结构特别是国外市场准入标准的变化。2002 年的 1 月 4 日至 31 日，日本以 2001 年中国蔬菜 2.8％抽检不合格为由，开展了"中国农产品检查强化月活动"，规定每批进入日本的蔬菜都要检测，农残检测项目从过去 6 种增加到 43 种。这一"农残风波"使当地西兰花出口严重受阻，与 2001 年同期比较，西兰花对日本的出口锐减了 80％，宁波海关一时堆满了从海外退回的西兰花，产地收购价从2001 年底的 1.6 元/株，降到最低时仅 0.20 元/株（表 3.3），每公顷减收 15 000 多元，许多西兰花烂在田里无人问津，昔日的"致富花"变成了"苦菜花"。

表 3.3 2002 年"农残风波"对上盘西兰花产业的影响

| 年　　份 | 菜苗价格(元/株) | 西兰花价格(元/株) | 出口日本比重(%) |
|---|---|---|---|
| 2001 | 0.15 | 1.6(最高价格) | 60 |
| 2002 | 0.15 | 0.2~0.3 | 12 |

资料来源：临海市蔬菜技术推广站。

3) 千家万户的小生产与千变万化的大市场之间缺乏有效的连接载体,农户、加工企业和运销企业之间的关系松散,甚至在利益上相互损害,从而产生了种植户与加工企业和运销大户之间购销脱节以及加工企业和运销大户内部恶性竞争等问题。同时,国内其他地区如山东、江苏、上海等,还有本省的萧山、上虞、金华、宁波等地都已大面积种植西兰花,这对上盘西兰花的销售也增加了不少压力。这一切严重阻碍了上盘镇西兰花产业的发展。

广大农户在严酷而不规则的市场竞争面前,深深地呼吸到"恶性竞争"、"中间商盘剥"、"撕毁合同"等血腥味,终于明白"这样下去,前程肯定要毁掉"。至此,产业内各方都充分认识到,面对新形势,必须积极寻求新的农业生产经营方式,加强行业合作和治理,痛改以往无序竞争、相互残杀的局面。用翼龙公司董事长徐友兴的话说,"中间商联手故意制造市场饱和的假象、压级压价,农民和运销户相互不讲诚信,运销大户和加工企业恶性竞争,这样做必然拖垮一个地方的特色产业,我们必须联合起来,组织起来。"2002 年 6 月,经镇政府及市农业主管部门牵头,由翼龙、天时、丰达、飞跃 4 家市级农业龙头企业和从事运销的 3 位自然人共同发起,遵循自愿、平等、互利的原则,成立了西兰花专业合作社。目前,合作社已成为农业部农民专业合作经济组织全国试点单位,浙江省蔬菜瓜果协会和西兰花协会会员,这标志着上盘镇的西兰花产业进入了"合作社"阶段。

**2. 合作社的组织结构**

上盘镇西兰花专业合作社是一家以股份合作形式组建的,实行市场化运作、企业化管理的农民联合组织,现有 864 个社员,包括 841 家种植大户(遍布椒江、路桥、临海、温岭、三门以及舟山、温州等地),12 家加工企业,10 家运销大户和 1家中介服务组织。如图 3.1 所示,合作社社员(代表)大会选举产生理事会与监事会,理事会直接领导其下属的办公室、食品加工部、科技服务部和市场开拓部,监事会则对理事会的工作执行监督权;合作社下设 16 个分社,其中,加工企业＋种植型的 12 家、营销大户＋种植型的 4 家①;种植户以种植田片或行政村划分成

---

① 这是上盘镇西兰花专业合作社对经典意义上的合作社的超越,它不是西兰花供应链上某单一"节点"上所有从业者的合作,而是诸多供应链模式的"合作",可以称之为"合作社的合作社"(或许并不准确)。

81 个作业区。

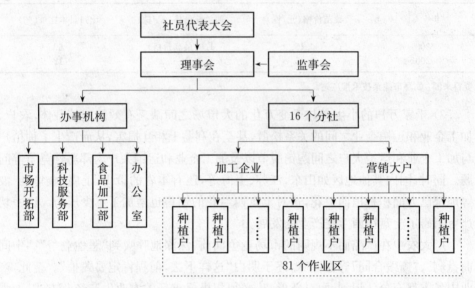

图 3.1　上盘镇西兰花专业合作社的组织结构

### 3. 合作社的运行机制

上盘镇西兰花专业合作社和经典意义上的合作社有所不同,它自身并不从事产品运销和加工,也不直接拥有基地,而是利用合作组织的优势为全体社员提供技术服务并规范行业秩序,具体包括:为农户举办种植技术培训班,制定标准化生产规程和质量安全管理的规章制度;外聘技术人员进行科技开发,提高产品的技术含量;为分社配备植保员,指导和监督农户按标准化生产和科学防治病虫害;制定和实行统一指导价收购制度,维护西兰花购销秩序;制定和执行违规行为处罚办法,加强行业内的有效治理。

(1) 社员资格认定机制。

凡从事西兰花产业联结农户 15 人以上,实有种植基地 100 hm² 以上的合作社、加工企业及与西兰花产业相关的组织自愿提出申请,经审查批准,方可成为合作社社员。社员资格有两种,分别是既交纳会费又认购股金的社员和单交会费不认购股金的社员。前者享受合作社的利润分配和承担风险;后者只享受合作社提供的产前产中产后服务,合作社盈亏与其无关。

(2) 股份设置和民主决策机制。

各分社按规模大小以现金认购股份,其中,出资 14.80% 的有 1 个,出资 7.41% 的有 10 个,出资 1.85% 的有 3 个,其余分别出资 1.1%。社员代表大会采用"一分社一票"的决策方式,合作社的日常管理由理事会负责,根据需要从外面聘请专业人才管理。

（3）质量控制机制。

首先，合作社专门成立了科技服务部①，对西兰花种植户所遇到的技术困难免费提供指导，并在合作社租用的示范田上研究②和示范西兰花的技术操作规程。同时，合作社制定了《上盘西兰花生产技术操作规程》③、《西兰花质量安全管理守则》和《规范出口西兰花购销程序的实施细则》等，实现了从生产到销售的规范化操作。为全程监控农药的使用，合作社制定了农药使用的"三定三记录"的全程监测方法。"三定"是指：一定用药品种，根据常见病虫害规定了 17 种低毒农药（品名、有效成分、生产厂家、农药登记号、安全间隔期、最多使用次数、防治对象等）；二定销售点，16 个分社直接送药到农户，不准到外地购买农药；三定用药时间，根据病虫测报，统一使用农药。为规范农药和化肥的使用，每个农户发一本《农资购买使用登记卡》④，作为"三记录"的主要载体。"三记录"的主要内容是：一记录，每个社员购买农药和化肥时要带《登记卡》，由合作社指定的售货员在"田间农药使用登记表"和"田间肥料使用登记表"中的购买栏目中填上所购买的农药和化肥的各种要素；二记录，每个社员在使用农药和化肥时要在《登记卡》中"使用"栏目里记录使用农药的田块、面积、用水、防治对象、用药量、喷雾器等信息；三记录，社员的基本情

---

① 科技服务部的职责主要包括：建立示范基地，实施引种工程、反季节栽培试验、研究绿色食品生产技术，做好节水滴灌和新农机推广使用，使社员"看得到、学得到、推得开"；积极开展与大专院校和科研单位的经济技术合作及课题攻关，推动全行业的技术进步；制定生产技术规程，通过举办各种类型技术培训班，为社员无偿提供技术服务，增强社员的操作技术和管理水平，提高科技含量；为实施标准化生产，必须统一做好农药供应，要求社员建立完整的用药档案，使安全用药落到实处，同时还可以兴办种子、农资等服务实体；认真做好病虫测报，及时发布病虫情报，指导社员科学防治病虫害，降低生产成本；配备自动检测仪器，定期开展质量检测，实施质量监督。

② 合作社用科学发展观引导农民找准增收的定位问题。据合作社社长徐友兴介绍，"在品种、面积、季节中第一重要的是季节，种好不如卖好，最重要的是市场。而每年 12 月下旬至 1 月中旬是西兰花价格最好的季节。为此，合作社投资 20 多万建成了 1.5 hm² 试验基地，看哪个品种在价格最高的季节上市。最终选择了抗寒力强、产量高（52 500 株/hm²，而其他品种的产量是 37 500 株/hm²）的'四季绿'"。

③ 该规程共有 7 个部分：第一部分：品种选用与生产季节安排；第二部分：秋苗培育，包括苗床整理、精细播种、苗床管理、苗期病虫害防治；第三部分：选址、整地与定植，内容包括合理轮作、整地施基肥、合理密植；第四部分：田间肥水管理，主要内容包括科学追肥，及时浇水；第五部分：病虫害防治，规定了菌核病、黑腐病、软腐病、小菜蛾、菜青虫、甜菜夜蛾、斜纹夜蛾、蚜虫、跳甲等地下害虫的防治方法；第六部分：产品采收，规定了适时采收、采收方法；第七部分：清园和堆肥。虽然该规程详尽规定了具体的操作方法，但对于文化水平偏低的农民而言，显得复杂和无从下手。为此合作社编制了《西兰花安全生产操作规程模式图》，把操作规程转换成农户易懂和便于实施的资料。为了使农户能够更好地掌握《模式图》，通过讲课加基地示范的方式安排专门的培训，到 2003 年底共举办了 10 期培训班，培训人数达 3000 多人。为了加大宣传力度，合作社印刷了 5000 多册小册子和《模式图》，免费分发给每个社员。在采收季节，派出专用的宣传车到各个基地进行宣传。由于培训到位和《模式图》的通俗易懂，农户实施起来就显得简单易行。

④ 《登记卡》中除了印有《上盘西兰花生产技术操作规程》和《西兰花质量安全管理守则》内容外，主要设置了"田间农药使用登记表"、"田间肥料使用登记表"和"社员基本情况"，其中在"田间农药使用登记表"中设置了购买（时间、货物名称、数量、金额、售货员）、使用（时间、地点、作物名称、防治对象、面积、亩用量、喷药器具、兑水量）两个栏目；"田间肥料使用登记表"中同样设置了购买和使用两个栏目；"社员基本情况"栏目中设置了社员姓名、序号、所属分社、住址、土地面积（亩）、坐落地名、土质、土性、种十字花科连续年数、前作、土壤农残检测、水质、空气、拥有药机台数、拥有塑料筐（只）。"我一年下来，种植日记有这么厚！"种了 267 余公顷西兰花的合作社副理事长周荣长用双手比画出一米多的长度。

况以及农药和化肥的购买和使用记录全部建立了电子档案,用电脑进行管理,以为保证出境蔬菜的质量安全提供完整的依据(日本客户要求档案记录)。据我们观察,经过合作社和各个分社的共同努力(宣传、监督等),西兰花种植户的用药行为已经发生了很大的变化,从原来的"见虫喷药"逐渐转变为采用杀虫灯、诱虫剂/灯、隔离网、生物防治和手工翻叶摘卵等,最后才是化学防治。新建村农民苏时斌种了近 40 年的庄稼,过去发现病虫害,不管什么药,只要能打死害虫的就用。现在,这种状况开始改变了。他今年种了 0.4 hm² 西兰花,凡发现有虫害,苏时斌施药前总要先找农技员和种植示范户,请教施什么农药无毒、无污染,并按照合作社自律守则的要求,把施药情况记录在卡上。菜农们说,"进口国搞'绿色壁垒',我们就要练出硬功夫。"

## 上盘镇西兰花质量安全管理守则

为了全面实施西兰花质量全程监控,在充分依靠科技进步的同时,还必须进一步完善并建立行之有效的管理制度。根据国内外市场的要求和本社的宗旨,特制定本守则,供全体社员执行:

(1)质量第一,用户至上,诚实守信是本社的立足之本,产品质量事关社员的生存,社员的技能是质量的基础,社员的道德是质量的灵魂;

(2)保护环境、人人有责,保护环境就是保护基地的持续生产能力,在做好土壤检测的同时,经常注意自身生产活动中对土壤、空气、水的污染,拒绝外来"三废"污染;

(3)严格执行本社发行的西兰花生产技术规程,决不违规操作,严禁使用剧毒、高残留农药及其混配剂,杜绝农药、化肥和有害生物对产品的污染;

(4)病虫害防治应贯彻"预防为主、综合防治"的总方针,以农业防治为基础,优先利用物理防治、生物防治,科学合理运用化学防治措施。病虫防治应做到在合作社测报的基础上,听从统一指挥;

(5)为确保安全用药,做到万无一失,所有社员用在西兰花生产的农药都必须到本社科技服务部统一购买,同时建立农药购买档案,严格遵守农药使用安全间隔期,建立农药使用责任追溯制度;

(6)社员必须建立田间农药、化肥使用档案,在统一发放的记录本上按田块分批次记录农药的来源、品名、用量、兑水量、使用时间、使用方法和防治对象,肥料的种类、品名、数量、使用时间和方法;

(7)社员必须接受本社相关人员的农残检测、巡查和监督,服从技术人员的技术指导;

（8）社员之间必须相互监督，一旦发现违规操作者，立即向合作社举报，防止少数"害群之马"危害产业安全；

（9）严禁本社社员以自己名义代替未入社农户兜售产品，一经发现，对其产品当即烧毁，开除社籍，并向全社通告；

（10）对不执行本社制定的西兰花生产技术规程者、西兰花生产用农药不到本社科技服务部统一购买者、不按本社要求建立生产档案及档案记录不全者，严重违反上述安全生产守则其他条款者，本社将通告各分社拒绝收购其产品，并长期记录在案。

**临海市上盘西兰花产业合作社**
**二〇〇五年六月二十八日**

其次，分社内部实行"两监管、一检测"的管理方法。"两监管"是指每个分社配有专职植保员，经过培训，了解病虫情况，送药到户，监管农户农药、化肥的使用是否符合《西兰花质量安全管理守则》和《上盘西兰花生产技术操作规程》；以地块相近为原则划分"作业区"，并对"作业区"内所有的社员实行连坐制，相互监督。"一检测"是指在西兰花收购之前（通常是一周），由分社组织对各社员的西兰花进行抽样检测，主要是用农药残留速测仪对农药残留进行检测，判定社员的西兰花是否符合相关标准要求。2002 年底，合作社发现三名社员搞"小动作"。一个社员使用了在市场上购买的含有乐果成分的农药，11 月中旬第一批产品采收时，被抽检出来；另一名在田头使用超标农药，被植保员当场发现；还有一名不按标准施药，伪造田头用药记录卡。合作社马上召开了 800 多个社员参加的大会，宣布将这 3 个社员除名，合作社成员的 12 个加工企业和 4 个运销大户都不准购买这 3 个人的产品。社员们大都拥护这一决定，认为他们这样做会把大家都搞垮。李敬顺是当时被开除的三名社员之一。被开除后，他种的西兰花只能自己挑到市场上去卖，价格比合作社收购要低得多。"一个是没面子，还有一个是经济上确实受损失。"李敬顺说，"只有老老实实按规矩办，确保西兰花质量，我们农民才能赚到钱。"一年后，经验收合格，李敬顺等三人重新加入了合作社。

（4）利益分配机制。

合作社内部各分社自我经营、独立核算。合作分社的分配受合作社的节制，分配方案由分社从年终赢利中先提留 5% 公积金、3% 公益金、3%～5% 风险金（订单农业），再在可分配利润中划出 5%～10% 部分按当年原料投售量返还到本分社内的种植社员，实行二次返利，剩余部分按投资比例分红，分配方案最终提交社员（代表）大会通过。由于在市场中所处的地位不同，加工企业和运销大户可以利用自己的信息优势获取西兰花整个产销利润流的大部分。据调查估计,从生产到销售,在西兰花的单位产品所产生的全部利润中,大约有65%~75%被运销大户所获得。若以保鲜加工的方式外销,则这一比例大约还要提高5个百分点①。

### 4. 分社中组织形式的多样性

据我们了解,西兰花专业合作社事实上只是一个"空壳",西兰花的生产、加工和销售主要是靠各个分社来完成,因此,上述合作社规定的质量控制措施并没有在所有的分社中得到完全的和一致的贯彻。在上盘镇,不同分社的目标市场不尽相同,而在不同的市场上,供应商面临的压力(如检测等)不同,因此,在16个分社中出现了不同的组织形式(对西兰花种植户(产品)的控制不同)。大致上,可以把这些不同的组织形式分为三类:"国内市场+运销大户+散户(非合同农户)/小规模合同农户"形式、"国内市场+加工企业+小规模合同农户"形式以及"出口+加工企业+大规模合同农户"形式(图3.2)。这里,我们以翼龙公司、东翼公司和某一运销大户为例,加以介绍。

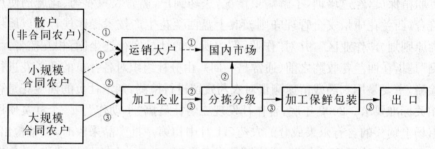

图3.2　分社中主要的组织形式

注:图中 ⟶① 代表"国内市场+运销大户+散户(非合同农户)/小规模合同农户"形式; ⟶② 代表"国内市场+加工企业+小规模合同农户"形式; ⟶③ 代表"出口+加工企业+大规模合同农户"形式。

(1) 运销大户的内销模式。

上盘镇西兰花专业合作社中还有很多以运销大户为"龙头"的采用"运销大户+散户"的组织形式的分社。这些运销大户在西兰花收购季节设有自己固定的收购地点(但没有固定的合同农户,意味着运销大户并不监督或控制西兰花的生产过程),收购价格随行就市,经过雇工去茎、去叶和简单包装后销往国内市场(北京、上海、广州、西安等)。

---

① 在公司牵头办的合作社中,公司与农户的关系从本质上说仍然是不平等的(张晓山,2004)。据浙江省台州市负责农民合作社工作的同志讲,台州的合作社现已由249家发展到293家,但真正在分配上向生产者倾料的,也就十几家。

（2）翼龙分社的内外销并举模式。

翼龙公司没有自营出口权，而是挂靠其他的中间商"贴牌"出口。公司所在分社共有 214 个社员，拥有合作社 108 股，其中，210 个种植社员占 56 股，翼龙公司占 19 股。分社有 9 个董事，其中 6 个是农户。分社中的社员农户主要包括两种类型：一种是大规模农户（种植面积 6.7 hm² 以上①），另一种是小规模农户（种植面积不小于 0.7 hm²）②。公司对大规模农户的控制较多，严格执行合作社的"三定三记录"和分社的"两监管一检测"。在产品收购③时，由于公司通过其他中间商出口，并不了解市场行情，面临的风险较大，因此公司并不承诺一定包销社员的产品（但在货源宽松时，对社员会有一定的照顾，而货源紧张时则对社员要求更严一点），并且收购价格随行就市[我们观察到了两种计价方式：经公司收货员分拣后，合格的产品（用以加工出口）0.7 元/株，不合格的产品（用以内销）1.6 元/kg]，具有一定的灵活性。在结算方式上，每 10 天与农户结算一次[迟付款，是一种监督（治理）机制]。同时，公司建立了以"作业区"（每个作业区有自己的编号）为追溯单位的可追溯系统，并且，每个作业区都由一名技术较高的种植户充当该区的负责人（非正式的）。在一个生产周期结束后，公司通常组织各区的负责人喝茶聊天，交流各区的西兰花种植情况、成功经验和先进技术等。翼龙公司内外销并举，将通过二次分拣的产品进行切割、预冷、清洗和包装后"贴牌"销往日本等国际市场，而将二次分拣过程中淘汰后的产品销售给国内其他收购商用作加工——速冻、脱水或加工成罐头。因此，可以看出，在翼龙分社内同时存在两种组织形式：

出口＋加工企业＋大规模农户

和

国内市场＋加工企业＋小规模农户。

（3）东翼公司的出口模式。

据当地人介绍，"翼龙公司的模式起初比较先进，但随着其他公司的崛起，已经开始慢慢落伍了，现在比较先进的是东翼公司"。东翼公司拥有自营出口权，产品直接销往日本的超市。与之相对应，东翼公司的社员只有一种——大规模农户（经

---

① 西兰花种植户在多年的经营中，逐渐将最佳经营规模固定在 6.7～10 hm²。这有两方面原因，一是因为当地人均耕地面积非常小（约为 130 m²），种植户租到的耕地面积越大，需要和其他农户进行谈判的次数和费用也就越大（交易费用越高）；二是因为经营规模越大，面临的风险就越大，而且种植户面临着雇工难的问题。通常小工也是"机会主义的"，若经营规模在 40～47 hm²，约需雇工 40 多个，管理起来较困难；而经营规模维持在 6.7～10 hm²，则只需雇工 10 多个，相对较容易管理。

② 另外，为稳定客户，翼龙公司还吸收了 100 多个非社员，他们的经营规模一般在 0.7 hm² 以下。对于这些非社员，公司仍然将其划分为一定的作业区，并统一农药的供应和使用，但没有二次利润分配。

③ 我们观察到的产品收购过程是，在加工车间门口，收购员凭自身判断（着重于花球的颜色、形状和大小等搜寻品质）对产品进行分拣，合格的产品装入塑料筐（大筐装 40 株，小筐装 30 株），然后由搬运工运到加工车间，进入包装线（由翼龙公司自己设计，进入包装线的产品还要进行去茎和二次分拣）。两次分拣不合格的产品由农户自行处理，可以带回去，也可以以不同的价格交给公司。

营面积均在 20～27 hm² 以上,而且大部分农户是在温岭等其他地区租地)。在西兰花种植过程中,公司为社员统一配备种子、农药等生产资料,严格控制西兰花生产过程。在产品收购时,公司按保护价收购社员的产品①。在利润分配上,大农户可以参与公司的分红。在分拣分级过程中,东翼公司的标准比翼龙公司的标准要严格,因为我们在现场观察到了更多的被淘汰的产品,同时据当地农户反映,东翼公司比翼龙公司更加"挑三拣四"。显然,以东翼公司为龙头的分社采取的组织形式是"出口+加工企业+大规模合同农户"。

### 3.1.2　安丘市外贸食品有限责任公司:出口模式

(1) 公司简介。

安丘市外贸食品有限责任公司是大型农副产品综合加工出口企业,始建于1976 年,现有员工 6000 人,固定资产 5 亿元,主要生产经营保鲜蔬菜、速冻蔬菜、盐渍蔬菜、速冻水果、调理食品、罐头食品等产品,蔬菜自有基地有 373.3 hm²,合同基地 0.7 万公顷,年生产能力 8 万吨,产品 90% 出口,出口地区主要是日本,也有部分产品销往韩国、美国及欧洲、东南亚、澳大利亚等国家和地区,年销售收入 6 亿元,年利税 4200 万元,年出口创汇 6440 万美元,是山东省外贸食品行业骨干出口厂家、潍坊市创汇农业先进龙头企业,已获得 ISO9002 质量体系认证、HACCP 认证、有机基地、加工厂 OFDC 认证,检测中心通过国家认可(LC0302)。

(2) 基地管理组织机构和基地管理制度。

基地管理组织机构(图 3.3)包括检测中心、质检科、果蔬分公司(下设技术推广科、基地科和收购科)和供应科。

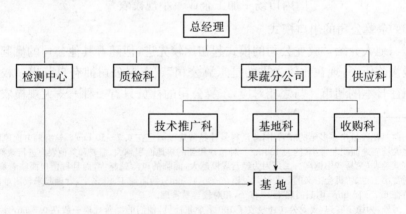

图 3.3　公司的基地管理组织机构

---

① 东翼公司也收购非社员产品,这是我们观察到的。但是公司也要求这些农户具有一定的规模,并使用公司提供的种子和农药。

图 3.4　公司的自控基地

### 基地管理制度

　　为了规范原料基地的管理,促进基地建设的顺利进行,有效地发挥基地各项资源,保证基地原料的安全卫生,特制定本制度:

　　1. 基地实行公司自控和合同管理,由技术推广可具体指导和日常监管。

　　2. 基地所需物资由供应科会同果蔬分公司按照采购制度统一购进,由果蔬分公司统一验收、统一发放,实行严格的登记发放制度。

　　3. 基地植保员对地块的种植品种、终止日期、预计收获期等田间管理做好详细记录。

　　4. 基地按要求对种植物田间综合管理做好记录,包括生长情况、施药施肥、生产技术、田间管理及病虫害防治等。根据历年病虫害的发生情况和防治经验,做好整个生长季节的防治,确定使用农药的种类。

　　5. 基地病虫害防治采用"预防为主,综合防治"的原则,采用"四阶段"防治方法,做好病虫害预防工作,科学地使用高效、低毒、低残留农药,按规定的用量、次数、方法和安全间隔期进行施药,做到安全、有效。若发生突发性病虫害,基地植保员应及时上报果蔬分公司,并采用符合有关规定的用药方案进行处理,填写农药使用记录表。

　　6. 基地应及时配合公司对基地原料扞取样品,做好农药残留的检测监控。

7. 基地严格执行公司的原料收购制度,不得随意销售基地原料和掺杂不符合标准的原料。

8. 保持基地环境卫生,注意周边环境状况,对出现的环境污染、有毒有害物质等情况及时反映,协调处理。

9. 基地应在显著位置设立标志牌,标明基地名称、编号、面积、负责人、植保员、建立时间等。

(3) 公司对产品质量的控制。

严格的质量安全控制是该出口公司成功的关键,公司的蔬菜产品质量不仅达到了国内先进水平,而且在国际市场也赢得了良好的声誉,特别是在日本"肯定列表制度"下,仍能盘踞国际货架,稳定提高市场占有率。

首先,为适应日本市场的要求,公司于 2000 年开始利用企业内部编码对出口产品实施溯源管理制度。目前,公司实施的蔬菜可追溯系统已成为公司内部质量管理的重要工具,有效地满足了日本市场准入的需要。

### 出口产品溯源管理制度

为确保出口产品追溯系统顺利实施,特制定本追溯办法:

1. 原料收获前 3～5 天,基地植保员按基地地块为单位采取 25 点扦样法取样送检测中心作农残检验,合格后由果蔬分公司安排采收。

2. 原料收获时,由收购人员到现场进行监督并负责运输,按地块为单位采收,并负责填写原料购进单。

3. 由基地植保员将基地田间管理单干负责带回果蔬分公司存档。基地用药记录复印后交质检科。原料运输是保证一个车次只装同一地块的原料,严禁混载。

4. 原料进厂后,由质检科验收员查验基地用药记录和收获前农药检测报告并进行感官检验。确认合格后,交车间原料负责人进行确认交接,并将该记录详细存档保管。经检查不合格的原料需单独存放,并对基地相关地块原料加强检测。同一地块原料多次(天)进厂,只需一次交付用药记录和检测报告。

5. 原料入库加工前,要以基地地块为单位,分别堆放,并挂标志牌、标志牌要注明原料名、基地备案号、车次、进厂时间和数量等。

6. 生产车间的每道工序都将以同一地块为一个批次有序加工。严禁同一时间加工不同批次的原料,加工车间设置一个专门的人员进行管理,负责前后各工序的沟通、协调与衔接,填写加工指示牌,详细填写加工批次的商品名、基地备案号和车次等,更换原料批次时加工现场必须彻底清理。

7. 每个车间的批次管理员将随身携带工序的加工批次表,及时联系后续工序班长(车间主任),经签字许可后,让加工完毕的半成品进入下一个工序。

8. 在半成品包装时,同一进厂日期、统一基地备案号、统一地块加工的半成品为一个批次。

9. 进行成品包装时,要按批次进行,不可同时包装不同基地地块的半成品。成品包装除记入加工日期和基地备案号外,还要记入成品包装批次号、保质期限、地块号、生产厂代号。

10. 若成品包装日期为 2004 年 10 月 13 日,基底备案号为 DB221,地块号为 B,保质期限为两年。成品追溯应为 041013A061013 DB221B3700/08015。

11. 成品在仓库内实行严格的批次管理,不同批次,即不同基地备案号的货物要分别堆放,不可混放,并挂牌加以区分,挂牌上要注明基地编号、加工日期和数量。同一货架上需摆放有不同批次的货物时,应在标志牌上注明区分方法。

其次,公司建立了严格的农药保管、配置和使用管理制度。

1) 农药保管:基地设立专门的药库管理人员,建立严格的领用档案;农药贮存在门窗牢固、通风条件好和配有灭火器的专门库房内;不同种类的农药分类存放在专用货架上,并挂牌标志;领取农药时,必须开具处方单,经审批合格后,方可领用;领用的农药品种、数量必须严格按照公司发放范围使用,不得私自更改处方单。

2) 农药配制:配制的农药必须是公司允许使用的,不得私自扩大农药品种;农药配置前,要查看农药的包装品名、有效成分含量、出厂日期、使用说明等,确保农药不失效和不含违禁成分,要认真参照说明书的配制浓度、稀释倍数等;农药取用时,剂量必须准确,不可随意改变用量;根据不同的喷雾器确定农药配制的加水量;农药配制时,避免洒落,污染周边环境。

3) 农药的使用:基地用药必须由植保员现场指导监督,详细填写基地用药记录,并由植保员和基地负责人签字确认,不得私自更改;农药当日配制,当日使用,勿隔夜使用;喷药前仔细检查喷雾器开关、接头等处螺丝是否拧紧,药筒是否渗漏,以免漏药污染;药剂散布选择阴天或无风的晴天进行,避免高温时间和大风喷洒;农药喷洒时,要求散布均匀,注意叶片背面害虫的防治;若基地发生突发性病虫害,植保员应采取合理有效的措施进行防治,不得使用违禁农药;做好农药使用的详细记录,内容须包括使用时间、农药种类、数量、作物、防治目的等,在原料收获时,随原料一起交果蔬分公司存档。

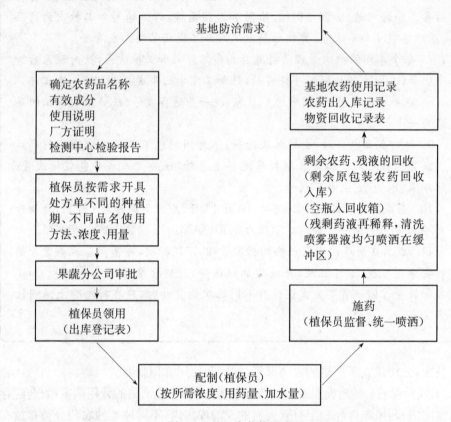

图 3.5　基地农药使用流程

图 3.6　基地中的隔离网和杀虫灯

### 3.1.3 寿光市田苑果菜生产有限公司：超市模式

（1）公司简介。

该公司是在寿光市燎原基地的基础上成立并发展起来的,于 2001 年 3 月被山东省农业厅授予"无农药残毒放心菜生产基地",2002 年 1 月取得了"无公害农产品产地认证"和 11 类无公害农产品标志证书,相继注册了"燎原"、"田苑"蔬菜品牌,目前公司已有 22 类燎原系列果菜经中国绿色食品发展中心检测认证为绿色食品,在全国同行业中排名第二。随着企业经营规模不断扩大,2003 年初基地在原来的基础上扩建了办公室和加工车间,使原来的蔬菜加工基地生产能力扩大了 3 倍。2004 年燎原果菜生产基地成立了寿光市田苑果菜生产有限公司,下设七个部门、一个事业部和一个分公司(图 3.7),是潍坊市农业龙头企业。

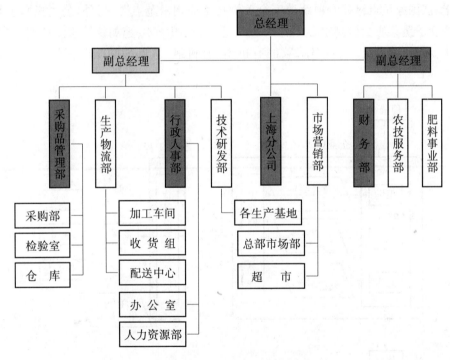

图 3.7　田苑公司的组织结构

2002 年,随着超市销售业态的发展,该公司紧紧抓住这一市场机会,于 2002 年 4 月份率先进入济南银座广场(山东最好的国内超市集团),建立了"燎原"牌无公害蔬菜专柜。此后相继与银座、大润发、佳乐家、家乐福、沃尔玛、易初莲花等大型超市取得了良好的合作伙伴关系;产品也相继进入济南、青岛、东营、潍坊、淄博、泰安、上海等大中型城市,在全国开设了 48 家燎原蔬菜专柜。经过近五年的运作,公司的加工量和销售量逐年增加,2006 年度生产加工蔬菜 20 000 t,实现销售收入

4371 万元。

(2) 组织模式。

公司成功运用了"公司＋基地＋农户"的运作模式。公司自有蔬菜基地 87 hm²,其中大田基地 20 余公顷,主要种植韭菜、生菜、大葱、茼蒿等叶类蔬菜。蔬菜大棚 500 余个,主要种植苦瓜、豆角、黄瓜、茄子、西红柿、西葫芦等。另外,与上千户菜农签订蔬菜回收合同,合同基地 467 hm²。该公司的组织模式与安丘市外贸食品有限责任公司基本相同,此处不再赘述。

(3) 质量控制。

为确保产品质量,公司与山东省标准化设计院联合开发了蔬菜安全追溯系统,分为企业端系统、超市查询系统、食品质量安全数据库服务器三大部分(图 3.8)。并率先在国内将该系统应用于质量管理,实现了从农田到餐桌的全程监控,被评为"'十五'国家重点科技专项蔬菜安全关键技术应用示范点"。另外,公司投资上百元建立了蔬菜质量检测中心,配备了气相色谱仪、BR-40 速测仪等检测仪器,并配备了专职化验人员 5 名,对蔬菜的有机磷、有机氯、氨基硝酸酯等指标进行质量把关。

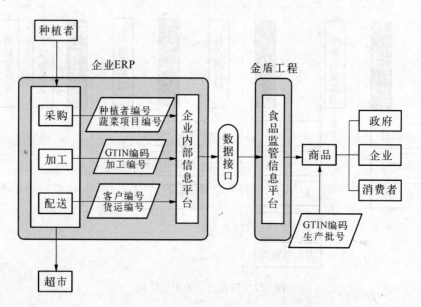

图 3.8　田苑公司的可追溯系统

### 3.1.4　嘉鱼县潘家湾蔬菜生产基地

(1) 简介。

嘉鱼县是湖北省最大的蔬菜生产基地,种植面积达 2.7 万 hm²,其中潘家湾镇拥有蔬菜生产基地面积 4260 hm²，占耕地总面积的 80%，复种面积达 1.3 万公顷，年产蔬菜 40 万吨，产值 8043 万元，税收 435 万元，利润 4995 万元。蔬菜种类分大路菜、精细菜、水生菜、野生菜等四个系列 200 多个品种，注册的"联乐"牌无公害蔬菜行销全国 20 多个省市，并出口到俄罗斯、韩国。蔬菜每年为农民提供人均纯收入达 2000 元以上。2004 年 11 月，冬瓜、南瓜、甘蓝、大白菜等 10 个品种获国家绿色食品认证。

（2）组织模式。

2000 年 6 月，在镇政府的组织下，本着"自愿入会、择优录用"的原则，网络了 75 名群众口碑好、销售量大、销售收入高的销菜大户，发展成为会员，成立了蔬菜营销协会。协会现有个人会员 215 人，单位会员 33 个[其中蔬菜营销信息部（已获得认证的蔬菜营销经纪人）29 个、加工企业 3 家、加工示范基地 1 个]，涉及农户 6450 户。这是一个典型的没有固定供求关系的蔬菜基地案例。经纪人没有自己固定的合同农户，完全依靠自己在当地的口碑和开拓市场的能力，联系外地客商和当地农户。蔬菜收购时的装车、搬运等服务全是由市场上的"临时工"完成。

（3）质量控制。

镇政府在当地蔬菜生产基地的形成过程中起到了决定性的作用。历史上，这个地区是棉花产区。改革开放后，种植蔬菜的经济效益逐渐增加，镇政府通过示范、引导甚至强制手段，实施产业结构调整，发展蔬菜种植。如今，当地对蔬菜质量安全的控制仍以政府为主，主要是宣传和控制农资市场。但是，由于农户能够在其他地区（如武汉市）购买到农药（通常是集体大批购买，这是农户节约交易费用的措施了），所以，控制农资市场似乎不是有效的方式。政府声称蔬菜部门每年都要抽查公告严禁使用的高毒高残农药，并开通了举报电话，对查出的违规农资经营者和农户实施严厉打击。对此，我们没有在农户那里得到证实，看来抽查似乎也是非常少的偶尔行为。我们认为，用药行为基本上是由农户的经验和相互模仿机制自发控制。随着市场要求的进一步提高和当地蔬菜品牌的逐步建立，农户增强了品牌意识，也可能会自觉地控制自己的用药行为。

### 3.1.5 武汉市新洲区双柳镇蔬菜基地

（1）简介。

新洲区双柳镇无公害蔬菜产业园是湖北省优势农产品示范基地和武汉市无公害农产品核心基地之一，2002 年被评为武汉市重点无公害蔬菜生产基地，2003 年又被列入国家级无公害蔬菜示范基地，2007 年 9 月 12 日武汉双柳无公害蔬菜标准化栽培示范区正式通过国家验收。近年来，双柳镇引进推广了优质蔬菜新品种 26 个，培育了"武双"、"汉味鲜"、"博威"、"柳仙"、"双协"等蔬菜品牌，其中 10 种产品获中国绿色食品发展中心绿色食品认证。随着交通和配套设施的逐步完善，产业园内龙头企业不断发展壮大,武汉市汉味食品有限公司、美国创造食品有限公司、福建超大集团、武汉山绿配送有限公司等大中型企业先后到园区内投资发展,从事蔬菜设施栽培、腌制加工等,均取得了显著的经济效益。

(2)组织模式。

基地内多种运作模式并存,但主要是采取"支部+协会"的模式①,其中尤以"支部+专家+协会"运作机制最为典型。作为湖北省最大的无公害蔬菜产业园基地,早在1991年4月就创建了湖北省武汉市新洲区双柳蔬菜协会,2002年在民政部门正式登记注册。协会成立后,按照"发展一个产业,带动一片基地,搞活一地市场,致富一方农民"的产业化发展思路,不断强化自身建设,逐步发展壮大。2003年,协会获得农业部"农民专业合作组织先进单位"(湖北省唯一的一家);2004年获民政部"全国先进民间组织"及湖北省民政厅、农业厅联合颁发的"湖北省农村专业经济协会50强"荣誉称号;2005年又获得湖北省农业厅、民政厅、工商行政管理局联合授予的"湖北省知名农村专业经济组织"称号。目前,园区内共有各类协会35个、营销大户260户、龙头加工企业14家,在全国32个城市有460个固定摊位,512个销售网点。

(3)质量控制。

武汉市东郊的新洲区双柳街,号称"大菜园",有1.8万户农民以种菜为业,并逐步形成豇豆、番茄、毛豆、苋菜这四大"菜系"。然而,前些年双柳街的蔬菜上市却频频遇到麻烦,不是被查就是被罚,再就是客户不愿进货,因为农民种菜长期施用高毒农药,致使蔬菜"中毒"。蔬菜品质出现信用危机,生产经营逐月下滑,但面对各家各户的分散经营,高毒农药的使用一度成为有禁不止的难题。为此,街道办事处专门成立了违禁农药工作小组,对违禁农药采取"收、堵、防"等治理措施,推广应用生物农药。由于违禁农药成本低,部分农户仍不愿放弃使用,据说有工作小组成员上门收缴违禁农药时,被人打掉了半颗门牙。对此,街道干部毫不动摇。1999年,双柳镇实行无公害蔬菜生产责任制,街道与各村、各村与农户层层签订了责任状,明确规定发现农户使用违禁农药的,不仅处罚当事人,还要处罚村干部。街道投资数万元,请来大学教授和农业专家讲课,教会农民使用低毒高效农药,科学防治病虫害。质量技术监督部门来到田边地头,制定发展规划,建立蔬菜标准和农药检测点,技术人员每天巡回检测,把守着上市交易的每一批蔬菜。通过疏堵并举,如今每家农户不但对生物农药了如指掌,还大面积使用有机肥料,既保证蔬菜无公害,又提高了产品质量。如今,国家公布禁用的高毒农药已在双柳镇逐步绝迹。农民雷根友说:使用生物农药后,虽然每年要多花200元钱,但蔬菜不愁销,年收入

---

① "支部+协会"是一种基本模式,以此为基础发展起来了多种模式,如:"支部+协会+企业+农户"、"支部+专家+协会"、"专家+协会+基地"、"专家+农户+基地+协会|龙头企业+市场"等。

比过去有所增长。

以上都是根据笔者与当地政府人员座谈的笔记而整理而成的。现实中,我们调查了少数农户,了解到:各类农民培训并不太多,检测也不是经常有。我们的感觉与潘家湾类似,当地政府比较重视蔬菜生产,并将其视为当地经济的支柱,农民对无公害基地的称号有点意识,比无基地的散户的情况要好些,但总体的质量安全水平也不佳。

## 3.2 经济解释

**需要解释的现象Ⅰ:为什么经营同类产品产生了不同的组织形式?**

**逻辑:**质量安全具有信用品属性,检测成本较高[①](界定产权的交易费用高),在市场交易中,拥有信息的一方就会有机会主义行为。因此,如果市场没有检测,企业就不会关心质量安全[②]。而一旦市场有了严格的检测,企业为保证其产品符合目标市场的要求,就必须增加对其上游供应商(农户)的监督(交易)费用。由于企业和农户之间存在信息不对称,这种交易费用是奇高的。为降低这种交易费用,企业较为适当的做法是与农户建立紧密的供应关系(倾向于纵向一体化的组织形式)[③]。可以预测的是,市场检测越严格,企业和农户之间的纵向一体化程度越高,而且一体化程度越高,质量安全的风险越小。

纵向一体化之所以能够控制质量安全,可能有多重机制:重复博弈与信誉机制、直接的干预、效率工资、习惯与惯例等。

(1)重复博弈与信誉机制。

纵向一体化中,企业和农户之间的关系变成了重复博弈,同时,一旦有问题,还可以追溯回来,因此,农户有积极性讲信誉,从而会减少企业的检测成本。因此,组织起来的社会可能会增强其成员的声誉和履约动机。

(2)企业对生产过程的直接干预。

纵向一体化中,企业可以为上游的农户提供技术支持或指导,并能够控制生产资料投入、监督农事的操作等,如上盘镇西兰花合作社的"三定三记录"措施,进而可以提高产品的质量安全水平。

(3)效率工资。

纵向一体化中,企业一般以保护价的形式收购、包销农户的产品,企业从市场

---

① 检测技术的进步(交易成本下降)可以降低一体化的程度。
② 可以说,质量安全是检测出来的。我们在调查中发现,许多企业和政府官员都持有这样的观点。
③ 应该注意的是,纵向一体化并不一定就是为了质量安全。

中获取的租金中的一部分分配给了农户,具有某种效率工资的效果,激励农户生产更安全的产品。例如,翼龙公司对不同等级的西兰花以相差一倍的价格收购,带动了农户生产高质量西兰花的积极性。

(4)习惯与惯例。

纵向一体化形成了供应链中上下游企业间的长期稳定的合作与互动,在此期间交易双方形成的偏好、社会关系网约束、习惯和惯例等非正式规范能够降低企业的监督费用。例如,我们在翼龙公司调查时,发现有一部分老合同农户通常委托其亲戚或邻居到公司缴纳产品。

**需要解释的现象Ⅱ:为什么不同的组织形式要求不同的农户规模?**

**逻辑:**农产品交换域的最大特点是处于交易一方的农户既小又散(唐勇,2003)。"小"意味着农户缺乏可抵押的资产(专用性资产),如果农户违约,即使运销(加工)企业将众多小农户"告倒",但对缺乏可抵押资产的种植农户逐一强制执行法庭裁决的成本也是非常昂贵的,或者是不可能的。"散"意味着众多小农户很难拧成一股绳,如果运销(加工)企业违约,每个农户都可能盘算着自己的交易量少、损失不大,单独出面得不偿失,盼着搭个便车。由此可见,契约的法律效力在农产品交换域中大打折扣,不能对"自利经济人"的违约行为进行有效惩罚。然而,如果农户的生产规模越大,则专用性投资越多,食品安全风险的损失就越大(机会主义的成本增加),农会则更有积极性控制安全,讲求信誉。

---

**下面是笔者在调查某农产品批发市场过程中与某市场管理员的一段对话**

**笔　者:** 在你们的管理过程中,是规模大的经营户好管些,还是规模小的好管些?

**管理员:** 还是规模大的好管些。现在经营……规模大的,一下拉一车来,你容易控制他,但是有好多……几百个菜农,一家推来 100 公斤,那就不好管了。所以你要真正从源头……那就是经营模式得改,小菜农没有资格经营……现在如果要检测,小菜农都跑了,菜也不要了,筐也不要了,这就不太好管。所以,我们这里的销售人员,也不是谁都能来卖的,要有一定某种的资格,或者你有什么保证金压在这里,出了问题我能找到你,而且你要为你卖的菜负责任。现在有些先收来几公斤,卖了……就不考虑……假如……就跑了……

**笔　者:** 这就叫市场准入?

**管理员:** 市场上现在对外说要有准入,不达到标准不能销售……这都是理论上的。现在进来的话,我们要抽查,抽到哪几家以后呢,先不要卖,我们先检测,半个小时出结果,检测没有问题通知他再卖……但是只有

---

大的菜场能够做到这一点,因为批量比较大,要求按月交租金,服从这个管理,检测没有问题就卖,有问题就销毁了……但一些小的市场……他就卖 100 公斤,合计 100 块钱,怎么会……大的菜场一般都比较规范,它都那么大了,各方面就比较规范了,凡是不规范的都是那些小的,大菜场有这么大规模,要发展,就要注意这方面了。现在,小规模的批发市场太多……现在你要控制这个,把它管了,其他小市场不管,那也不行。现在那个市场经理啊,找我们,说现在管得很紧,我们把客户都搞跑了,本来他生意不好,都怪我们……就是大气候方面,你说大家都严,就好办,这里卡住了他跑其他地方去了……其他市场也不干呀。还有现在吃菜的,吃了好多菜下去,你不知道是哪个有问题。现在一条一条的链条连不上……

**需要解释的现象Ⅲ:为什么要实施可追踪系统、延迟付款和划分作业区并进行捆绑式监督?**

**逻辑:**首先,可追溯系统是企业/供应链内部的一个产权界定工具/交易技术。一旦有了可追溯系统,当产品在交易双方之间完成了实物交割时,实际上有一部分产权(质量安全属性)并没有完全转移出去,交易并没有完成。只有当产品通过消费者/海关检验没有问题时,产品的交易才算完成。如果发现问题,那么通过可追溯系统,就可以找到并惩处相关的责任人。这样做的效率改进在于,它提出了一个延迟权利(如翼龙公司每 10 天和农户结算一次)和一个事后的惩罚机制,从而改变了生产者的预期,减少了事先的检测成本和相应的等待时间(减少了重复检测,因为整个供应链只需一次检测就可以了,甚至可以利用消费者的消费完成检测,检测成本大大降低)。同时,通过可追溯系统能够把相关的食品安全产权界定给供应链中不同的责任人。西兰花的种植和销售具有技术上可分性(战明华 等,2004)。加工企业通过实施可追踪系统将西兰花的质量安全属性界定给了种植户,企业只需承担市场(销售)风险,这样,产权就被界定给了最有知识和能力控制相关属性变化的人,因而可以提高效率。

其次,对于小规模农户,适度规模的社区连坐制,可以降低企业的监督费用,或提高产品的质量安全水平。这是因为,本地知识的运用(信息来源多、监督方便、历史知识)可降低监督费用,或者增加了农户机会主义行为的成本。社区内的农户在长期共同生活中,形成了内部的社会关系网络,人们相互信任,构成了农户的社会资本。这种社会资本,具有广泛的价值,用于社会生活的各个方面,是农户的通用性资产。任何机会主义将使其损失这种社会资本,进而增加了农户机会主义行为的成本。而捆绑式监督(社区连坐制)更是激发了农户之间相互监督,共同维护其社会资本的积极性。这种机制的效果类似于押金制。但是,社区的规模并不是越大越好。社区规模越大,个人的机会主义行为越隐蔽,越难被发现,同时,外部对一个大的群体(社区)实施集体惩罚也越困难。给定外部惩罚的力度,如果社区规模越大,个人机会主义行为造成的损失,分摊到每个人身上的份额就会越小(稀释效应),同时,也需要更多的人相互监督,增加了监督费用。因此,社区连坐制要和社区规模保持相对一致性,或者要求社区具有内部的协调机制,否则,利用连坐制反而会增加监督(交易)费用。

## 3.3 结　　论

从以上的案例和分析中,我们得出的结论是:**一旦外部有了对蔬菜安全的要求,供应链就会实现某种程度的一体化,并且,蔬菜安全水平要求越高,一体化程度越高,农户规模越大。也就是说,没有严格的市场检测(要求),就没有一体化的组织,也就没有食品安全;农户的规模越大,其专用性资产(经营规模、社会资本、押金等)越多,越有积极性讲究信誉;有组织的农户比无组织的散户更注重信誉。**支持这一结论的经验事实有:

(1)凡是蔬菜出口公司都实行了不同程度的一体化。

在我们调查的多家出口企业中,如山东安丘市外贸食品有限责任公司、湖北易生生物科技有限公司、浙江的茶叶出口企业等,都实行了程度不同的一体化,同时,还配以严格的检测。如果商检发现违规行为,农户便不能获得货款。

(2)在蔬菜出口业务中,越是农药残留风险高的叶菜类,其生产的一体化程度要求越高。

山东的调查显示,出口叶菜类产品一般由出口企业的自有基地进行生产,或者由规模6.7 hm²(100亩)以上的、有长期合作关系的合同农户提供(公司派驻监督员)。深圳百佳超市要求他们的蔬菜供应商必须拥有33.3 hm²(500亩)以上的自有基地,主要提供叶菜类,并且,超市还要求供应商建立生产作业档案和可追溯系统。

(3)对于国内企业而言,凡是注重产品质量、规模较大的企业,往往实行了不同程度的一体化。

例如,超大公司实行"反租倒包"形式,租用农户的土地,雇农户经营。又如,台州温岭西瓜合作社,注重品牌完全一体化,合作社社员以基地为单位,共同承包土地,共同生产,共同销售。再如,寿光田苑公司拥有自有基地87 hm²。

(4)所有供给国内市场的蔬菜经营者,一体化程度低,一般都是从产地批发市场自由采购。

这种交易方式的一个明显特征就是"分散采购、批量出售",说明交易商并不关心所交易的信用品属性,也不会对上游生产者的生产过程进行控制或监督,而只会关心蔬菜的搜寻品特性。因为一旦这种交易方式下的蔬菜出了问题,蔬菜经营者自己都搞不清楚是"哪里出了问题"。

(5)在一些大的蔬菜基地,其农户生产的蔬菜安全水平一般高于非蔬菜基地的农户生产的蔬菜。

其原因有四:第一,基地政府重视。我们在武汉新洲双柳基地、嘉鱼县潘家湾镇、山东寿光的调查表明,蔬菜作为当地支柱产业,受到政府的高度重视,政府有积极性维护当地蔬菜的声誉,抽查、处罚和宣传力度高于非蔬菜基地,在一定程度上降低了农户滥用农药的可能;其次,基地的农户个人,其技术水平一般较高,控制农药使用的成本较低;第三,基地农户在蔬菜上的专用性(技术、习惯)投资高,一旦声誉出现问题,会损失专用性投资;第四,基地农户的行为对整个基地产品的声誉产生影响,社区会通过个人声誉机制来约束个人的行为。

因此,交易组织形态可以作为交易物品属性的外部指标:没有一体化则一定没有食品安全①。家庭联产承包责任下一家一户的小农经营,虽然极大地激发了农户的生产积极性,但这种积极性只能增加产品的数量,而不能提供质量安全的产品。因此,我国食品安全的重点在于如何积极引导分散的小农户自愿形成组织,培育建立社会关系网络,利用组织的信用和社会关系网络来约束个体的行为。

---

① 但是,有了一体化,食品安全不一定有保障。

# 4

# 食品安全可追踪系统的逻辑

　　面对日益出现的食品安全事故和威胁，世界主要发达国家包括美国、日本、欧盟，都在强调食品可追踪性（traceability），其中，近年来深受数起食品安全事故打击的欧盟尤为积极，更是专门立法要求所有的食品和食品用动物的饲料能够追踪到上一步、下一步，一些企业或供应链都在积极开发各种基于信息技术的可追踪系统（traceability system，TS）。美国面对生物恐怖主义的威胁，发布了原产地标志要求，开发了国家动物追踪系统。但是，对于其他的可追踪系统，则强调以企业自主开发采用与企业相适应的技术。加拿大则在 2003 年成立了由电子商务协会（Electronic Commerce Council of Canada，ECCC）牵头、由各个食品行业协会参加的组织 Can-Trace。在各个城市举行了多次咨询会议，企图在食品可追踪系统方面建立一个共同的标准，目前，已经开发了一些实验性的可追踪系统，包括蔬菜、猪肉、牛肉等，来确认一些最基本的数据要求，并在成为国家标准之前提供一些建议。

　　我国近年来常常暴露出食品安全事故，还有一些食品安全隐患没有报道。由于食品安全涉及公共安全，因此，我国农业部、国家标准局及其下属机构都在积极开发各种可追踪系统。2006 年的国家高技术研究发展计划（863 计划）更是将可追踪系统的开发列为重点项目。我们自 2002 年起开始关注此领域的发展，2005 年我们以深圳的一家蔬菜运销公司为例，试行开发了一套农产品可追踪系统①。从这些案例和我们的实践，我们得出了一些定性的结论，也许对我国食品可追踪系统的开发与实施有一定的借鉴意义。

---

　　① 我们将在以下的内容中，分别介绍 Bridge 公司的运作机制及我们基于这家公司开发的可追踪系统软件。

# 4.1 可追踪系统的一般述评：
## 一个概念框架

广义的可追踪系统，指的是追溯产品的来源和去向即追溯和跟踪(tracing and tracking)的系统，其实它并不是突然"由天而降"的新概念。实际上早已存在，随着信息技术的发展，可追踪系统在标志精度、追踪速度、追踪范围、记录相关信息方面不断发展。

最简单、最古老的可追溯系统，是人们凭借自身记忆，能够找到"上一家"、"下一家"，并且，借助社会习俗的约束，使相关方承担相应的责任。

后来，"票证"，虽然是一个"结算"凭证，但是，也兼有"追踪"功能，同样，如果有责任事故，可借助一定的习俗和惯例，使对方履行相关的责任。

再后来，工业品的产品标志与追踪，将被用于生产质量控制、物流、仓储和财务管理一体化，并与外部供应商进行电子化物流信息交流。但是，由于农产品的非标准化、低价值、空间分散、不耐储存等特点，利用标志和追踪(或档案)来进行物流和财务管理相对较难，而农产品安全控制(溯源和召回)的功能更突出。

可追踪系统包括内部可追踪系统(internal traceability)和外部可追踪系统(external traceability)。前者主要是在组织内部，对产品和有关信息的追踪，如工厂内部的质量可追踪系统，往往镶嵌在质量保障体系之中；后者即在整个供应链中的追踪，指的是对交易方之间进行数据交换和商业过程追踪。如供应链中不同主体之间的可追踪系统。外部可追踪系统可以延伸到政府各部门、生产资料供应商、消费者等。

可追踪系统履行的功能主要有三个：一是溯源，查出质量问题的源头和成因；二是跟踪，主要用于产品回收、撤销或召回，减少事故发生后的社会危害或企业损失；三是物流管理功能。

可追踪系统是一种"界定产权"的交易工具。可追踪系统主要针对质量问题而设的，这些质量问题要么检测困难，要么检测会影响交易的及时性，所以，人们往往不能够及时发现质量问题，由此引起交易中的责任纠纷和行为人的机会主义行为，这就是信息不对称引起的逆向选择问题。可追踪系统通过一个"延迟权利"来将质量责任最终"归结"到最初的责任者那里，从而在减少检测的同时，也改变了责任人行为预期，以解决逆向选择问题。

由于可追踪系统的这种交易和生产特性，它的良好运行要求它能够嵌入到现有的其他交易、生产环境中去。一方面，可追踪系统的导入往往是适应外部的监管和信息要求；另一方面，可追踪系统的嵌入也对现有的交易和生产系统产生影响。

事故发生后的责任追溯与执行,往往需要某种形式的固定联系,受到行为人之间已有的正式和非正式制度与规则的约束。这是我们关于可追踪系统运作的一个概念框架。

## 4.2 国内可追踪系统实施情况的述评

从我国目前可追踪系统开发与实施的情况来看,大体上主要采取了两种模式:

第一种模式是近几年才开始的由政府主导开发的正规可追踪系统,即基于 IT 技术的可追踪系统,如陕西省牛肉质量跟踪与追溯系统实用方案、浙江台州市农产品产地编码查询系统、上海市农工商超市开发的可追溯系统、山东省寿光蔬菜安全可追溯性信息系统、深圳"公司+农户"模式蔬菜可追踪系统、南京市农产品质量安全 IC 卡监管系统、南京盐水鸭信息可追踪系统、深圳市质检员信用管理系统、上海市已有的养猪场档案管理系统、园艺场档案信息管理系统软件、西湖龙井茶可追溯系统等。

另一种模式是由企业主导开发的手工可追踪系统①,即基于纸质的可追踪系统。相关的公司有 Bridge 公司、温岭市箬横西瓜合作社、临海市上盘西兰花合作社、易生生物科技公司、安丘农产品外贸公司,这些公司都是用了某种可追踪系统控制供应商的质量或安全。另外,泰国的 Swift 公司、Thaniyama 公司、Chad Siam 公司与我国的国情类似,其情况一并评述。它们大多使用了一些"土"的标志技术,甚至没有将其命名为可追溯系统,但已经运作很久了。

由于涉及对目前正在运行系统的绩效评价,因而这里只做一般性的评述。

### 4.2.1 政府主导的可追踪系统

由政府主导并与企业合作开发而成的系统,采用了规范的 EAN/UCC 条码标签、数据库与网络的结合,有些甚至整合了地理信息系统(Geographic Information System,GIS),编成了一些成型的软件。可以用于物流管理和消费者查询。无疑,政府在引进先进的可追踪系统、建立与国际接轨的产品追溯和召回体系等方面,起了很好的前期示范探索作用,有些在质量安全控制上起到了一定的作用,为未来我国可追踪系统的研究提供了宝贵的经验。

但是,政府开发的可追踪系统并没有起到实际效果,其问题主要表现为:

(1)系统目标不明确。

可追踪系统主要服务于政府、企业和消费者的需要。但是,现有的系统设计

---

① 企业主导开发的手工可追踪系统,即所谓"土"的可追踪系统,这种可追踪系统采用一种比较原始和非正规的方法。

中,三方如何利用可追踪系统并不清楚,或者不成功。比如说可追踪系统应该采集哪些信息? 哪些信息由供应链采集、储存? 企业如何使用这些信息? 哪些信息由政府采集、储存? 政府如何使用这些信息? 哪些信息应该给消费者? 消费者如何使用? 有没有能力使用? 农药残留控制和疫病控制需要的可追踪系统有什么不同? 公益性和私利性可追踪系统的区别? 这些问题都不清楚。其结果是:

1) 信息过载。

政府储存了大量的企业的交易与生产信息,服务器很快"超载",但是,不知道拿这些信息怎么办,甚至连政府自己检测信息也不知道怎么利用。同时,政府对一些信息的获取牵涉到企业的商业秘密(如供货商、客户信息)。

2) 政府提供的信息不能为消费者所利用。

超市"信息查询机"提供给消费者的产品信息,既不实时更新,也没有经过认证,消费者也不能理解其中的一些信息,结果一些超市的"可追溯扫描机"成为摆设。某些质量安全数据库,为消费者提供动态的权威的食品质量追踪信息,信息太繁,超出了消费者的信息加工能力。

(2) 可追踪系统的运行成本高,为企业创造的价值低。

单纯追求标志技术的"先进"与"完美",生产企业要输入大量的信息,但是企业不知道如何用这些信息。供应链外部没有创造可追踪系统实施的环境,使用可追踪系统的企业不如不使用该系统的企业,企业没有积极性使用(即使是免费使用)①,或者即使使用,数据的真实性也无法保障,或者企业有积极性隐藏信息。有的追踪系统,信息输入、防伪、检查、查询设计上十分严密,但是,标志和信誉管理的对象是生产基地的农户,而农户的规模小,没有积极性注重信誉,政府也不可能全面检查,消费者也不可能投诉农药超标(属于信用品质),所以,非常好的系统最后未能长期运行。

(3) 现在的可追踪系统与我国食品安全管理的总体制度的关系不明确。

可追踪系统的存在需要哪些制度的同时存在作支持? 可追踪系统会导致哪些新的制度的出现? 可追踪制度将会在整个食品安全监管制度中扮演的角色是什么? 这些问题尚不明确。

### 4.2.2 企业开发的可追踪系统

只要有来自市场或是政府对质量的压力,供应链内部会自动出现可追踪系统。企业开发可追踪系统是对外部市场或监管压力的反应。市场的压力越大,可追踪系统越精确。以下就是结合我们对国内一些企业开发的可追踪系统的调研和自己

---

① 我们调查过几家企业,使用可追踪系统一段时间后,由于成本和操作等方面的原因都停止使用了。他们使用可追踪系统的原因出自两个方面:一是有政府的补贴;二是出于政治和宣传的考虑。

开发可追踪系统的体会,得出的关于企业自主开发可追踪系统的一些观点:

(1) 供应链中占支配力量的"链主"即核心企业,特别是直接面对质量检测的一方,往往是可追踪系统的推动者。

这些"链主"从自身利益和信誉出发,有积极性通过供应链内部的机制来约束多个供货商的行为,供货商进而约束上一级供货商的行为,利用可追踪系统"传导"市场的监管压力。

(2) 企业有溯源的积极性,没有召回的动力。

"溯源"比较容易实现,只要要求供货商在产品包装上加标志(不一定是电子标签)即可。企业有积极性溯源,因为溯源可以找到责任人,可以得到赔偿,通过责任追溯的威慑作用,来保障质量安全。而召回则要求生产经营者产品的每一次交割、分割时采集信息,记录其所有产品的流向,操作难度大,往往需要条码技术采集信息,而且,召回意味着自身损失,企业往往不愿意做。我国政府政策没有为企业的自愿召回提供激励。

(3) 可追踪系统的物流管理功能弱。

农产品企业采用的标志技术比较简单原始。在目前阶段,农业生产空间大、农户生产规模小、劳动者素质差、经营场地条件差、产品价值低、农产品标准化程度低、不耐储存,不需要了解产品"去向",条码不能用于内部的财务、物流管理,企业之间基本上不用标准条码进行结算、物流管理和客户购货记录管理。标准条码的优势发挥不出来,而成本较高。

(4) 基于小农户的"公司+农户"形式的供应链,采用了以合作组作为标志的基本单位,往往更有效率。

小农生产是我国长期存在的一个普遍方式,由于规模小、产出低、空间上分散,投机意识强,是食品安全的难点。但是,对单个农户进行标志在生产与物流上往往是不经济的。在"公司+农户"下,往往采用了以"合作组"为单位的集体标志方法。标志精度降低导致了责任不清,公司则通过集体连带责任,来动用社区内部的社会网络来控制个人的机会主义行为(这种情形在泰国和以色列也存在)。内部社会机制的利用,降低了可追踪的实施成本。

(5) 可追踪系统的具体形式与所处的产业特性密切相关。

产品的价格越高,实施可追踪系统的积极性越大;经过标准化包装后的农产品更容易实现可追踪;越是有声誉、越是规模大的企业,越有积极性利用可追踪系统来控制质量和保护企业品牌,但是,某些条码防伪功能差,实际起到的防伪性也是有限的。鲜活农产品的追踪相对比较困难。

(6) 越是相对紧密的供应链,实现可追踪系统比较容易。

完全市场化的供应链只能实现相对简单的可追踪系统。

综合看来,企业开发的可追溯技术,比较注重内外制度环境和实际需求。它们是为了适应市场对质量或安全的需要而建立的可追踪系统,是一种"事前的威慑机制"而不是"事后的补偿机制",企业采用的追踪技术比较简单。

政府开发人员对信息技术比较了解,而对管理注重不够,注重了可追溯系统对供应链的内在环境和需求的适应,但是,与供应链外在的环境不相适应,是一种"供给"导向的技术,难以持续运行。

我国企业和政府开发的可追踪系统的实践表明,可追踪技术开发的空间比较少,更多地是根据相应的制度环境需求,选择合适的已有可追踪技术。目前,可追踪系统的功能还得从比较初级做起。

## 4.3 可追踪系统与制度环境相匹配的机制

从现有可追踪系统的实践来看,我国目前可追踪系统存在的核心问题并不是技术问题,而是技术与所应用的制度环境不相适应,使得企业没有积极性采用这种技术。实际上可追踪系统首先应该是管理问题和行为的调控,调控的手段是通过信息记录,建立信誉机制。任何技术优先、不考虑管理和制度环境的可追踪系统,最终都会失败。因此,实施可追踪系统的关键问题在于为企业提供外部的激励,即使得可追踪系统与制度环境相匹配。

### 4.3.1 我国的农产品安全问题面临的主要问题

食品安全属于信任品。信用品的特点是在生产者与消费者之间存在严重的信息不对称。生产者由于对生产过程更加了解因而拥有更多的产品质量信息,而消费者即使消费了产品之后,也不能判断产品质量的好坏。在缺乏市场信号指引系统的情况下[①],从而导致市场选择失灵,这样,生产者就会有动机在投入物的选择及用量上违背诚信道德、恶意采取标志欺诈、制假售假等手段,出现所谓的"劣币驱逐良币"的现象,安全产品从市场上消失。

而我国社会当前恰恰缺乏有效的信号指引系统,表现为信息没有信号价值(比如一些认证没有信号价值)[②]、信息隐藏(政府检测的信息不对外公布)、信息过载(政府长期检测的信息没有得到加工储存,消费者、政府、企业不能利用,社会没有'记忆')、有价值信号与无价值信号相混淆、多个部门发出相互矛盾重叠的信号等等,消费者、企业的选择没有参照系。

与此同时,中国社会还处在向信用社会的过渡阶段,机会主义行为还十分普

---

① 这里的信号是指降低个人决策不确定性的参照系。
② 2006 年 7 月 29 日为止,中国消费者协会的"3.15"标志认证因"欧典地板"一事,已全部停止。

遍。我国食品生产者的规模小、空间上分散,劳动者素质差,90%以上是小农生产和小作坊生产方式,没有追求信誉的经济激励。

三方面因素相结合,使得我国的农产品安全面临的主要问题正是"有意而为"的投机行为所致。

减少信息不对称程度的方法是:建立市场农产品质量信号指引机制,用以克服市场失灵,恢复安全产品市场。同时这也是治理我国食品安全监管的基本对策。食品安全管理某种意义上是对产品质量信息的传播与管理。这是我国可追踪系统运行的制度环境的一个基本判断,也是我国食品安全问题与国外的重要不同点。

### 4.3.2 严格监管和信誉机制:两种质量信号的管理方式

(1) 严格监管就是政府对食品进行规律性抽查,并且要销毁所有抽查不合格的食品。那么,政府不需要储存任何信息,消费者也不需要从政府那里得到任何信息,因为市场上所有的食品都是合格的。企业将会有积极性采取严格的手段来保证食品安全,包括严格溯源的可追踪系统。一些国家的海关就是采用这种模式。我国香港的模式是农林署在批发市场监测,超标的蔬菜一律销毁,并且政府承担零售市场的蔬菜安全风险。

但是,这种信号机制的成本高:

一是执行成本高,如果把所有的不安全农产品销毁,那么,我们的市场供给就会面临极大的恐慌;同时,政府在执法中将面临生产经营者的极力反抗,使得政府的执法无法长期坚持,这正是我国的运动式监管的原因。

二是政府要投入极大的人力、物力,进行大量的检测。检测总是有漏洞的,即使在国外严格的监管和资源,也不能避免"二噁英(Dioxin)"事件的发生。即使是海关也只是重点监测某些信誉差和敏感项目。

三是没有利用消费者的力量。

(2) 信誉机制是通过利用市场机制来解决信息不对称问题,激励企业改进安全管理,建立信誉,这种信誉就是质量信号。可能的做法是要政府或者认证机构记录相关企业的质量信息(包括政府监管抽查的结果、新闻曝光的结果),然后将这些信息转换成消费者、客户可以理解的信号,这些信号可以为消费者、客户的购买决策提供参照。利用市场的力量,政府执法成本降低。

为了建立生产者和消费者都认可的信号体系,政府需要做两件事情。政府需要给予市场中每一个厂商一个独特的编号,同时,利用现代网络技术,收集、共享多个检测部门获得的安全信息,并将不同政府部门的信息综合转换成消费者、客户容易理解的信号,将信息转变成了信用。这样,可以通过信誉机制鼓励生产经营者逐步改进安全管理。

这里的前提是,政府或信誉评定机构的客观公正性,如果这一条件不能满足,政府的信号对消费者并没有作用,这样需要引进独立的信号管理组织(如独立媒体、认证机构)。

信誉管理不可能应用到社会每一个成员,利用供应链的组织结构的成本更低。对供应链中的所有主体进行检测,会提高每个主体控制安全的积极性,但是,检测成本高。一些生产者规模小,个人信誉重要性低,同时,分布分散,监管难。利用供应链的结构,对整个供应链的信誉进行考核,可以降低监管的成本。做法是在供应链中选择适当的"监测点"("链主"),进行集中监测和信誉评估,链主出于自身的利益和信誉考虑,会利用自身在供应链中的优势和控制力,通过供应链的内部的机制,控制分散的小规模生产者行为,从而增强供应链的一体化程度。最佳检测"点"的选择,既要有利于检测(选择在物流的汇聚点,如批发市场),又要有利于利用消费者购买力量(如零售市场),同时,还必须有一定规模,在现有链中有一定的支配作用。最有可能的是超市或批发市场的批发商。

以供应链为基础来组织生产者,通过对控制"点"的集中监测和信誉评估,带动链的形成,并控制整个链中其他成员的行为,减少政府的监管成本。

这种做法见效比较慢,但效果持久。政府不必要强行销毁所有超标产品,也不必检测所有的产品,而是通过信息的披露、信誉激励和消费者购买行为来激励生产者不断学习和改进安全管理。

这种信誉机制的设想也得到了实践的支持。深圳定期把各个超市的蔬菜的合格率公布在深圳商报上,给超市施加压力,由超市控制供货商。南京市 IC 卡可追溯系统也是为消费者提供各种方式的查询方式。在丹麦,随着时间的发展,食品安全中政府的监测由 80% 逐步减少到 20%,生产者自我的质量保障所占的比例由 20% 上升到 80%。同时,丹麦也强调来自零售商的对质量安全的压力。泰国的 TOPS 超市治理其供应商质量行为的"交通灯模型"也证明了这一点,超市给予供应商一个分值,类似于汽车司机的驾驶执照上的分值,如果超市查出有农药超标行为,视情节严重程度扣除分值,但是,供货商有学习的机会,分值如果扣完后,供货商"出局",这样,迫使供货商学习改进。在欧洲中世纪的私人"第三方治理机构"——商法仲裁者,自身没有执行裁决的能力,但是,它可以通过记录交易商的履约信息,并可以有偿查询,记录的信息会影响交易商的机会,因而会激励交易商诚信交易,这成为现代正式第三方治理机制的起源。

上述两种信号机制方式,可以并行不悖。信誉管理需要监管信息来保障,同时,信誉管理也减少了政府监管的需要。两种方式共同建立农产品质量信号体系。

### 4.3.3 农产品质量信号系统与可追踪系统

农产品质量信号系统和可追踪系统之间,存在着相互促进的作用机制。一方面信号管理将提高供应链的一体化程度,进而便于可追踪系统的建立。讲究信誉必然促进供应链在大的"链主"的带领下,组成相对一体化组织,内部的信息流动和透明化程度增加,便于追溯与召回,从而促进可追踪系统的应用。另一方面,可追踪系统将为信号系统储存信息。通过精确的溯源可以增加社会获取信息的能力,这些信息可以用于信用的管理。同时,可追踪系统可以简化社会信誉管理对信息量的需求,社会信誉管理只需要收集少数"链主"的信息,而不必对所有的生产者进行管理,信息收集成本和认知负担降低。首先把中国的分散的生产者组织起来进行管理,是最重要的第一步。可追踪系统本质上是供应链内部的质量控制系统(产权界定工具),是对社会控制的适应和延伸,"链主"通过可追踪系统逐级传递来自市场的监管压力,改变生产者的质量安全行为预期,减少政府或供应链的检测成本。

这样社会对食品安全的学习和知识储存分成两个部分,一个是在供应链内部,可追踪系统可以促进供应链中各主体的学习和知识积累,一个独特的标志代表着一个知识储备。另一个在供应链外部,存在着质量信号体系,它除了可以由社会共享,并为消费者购买决策提供指导之外,同时政府的监管、认证、媒体等信息也可以更新这个信号体系的内容。一个质量信号系统也就是一个社会的共享心智模式(shared mental models)。由此可见供应链可追踪系统也就可以视为一个社会学习和知识积累的系统。

可追踪系统与农产品质量信号系统以及相关制度环境之间的相互关系见图4.1。

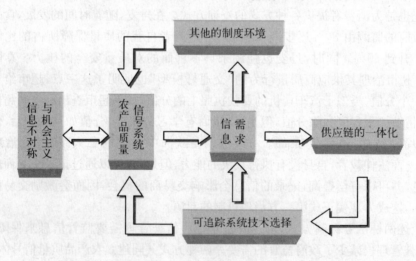

图4.1　可追踪系统与农产品质量信号系统以及相关制度环境之间的相互关系

显然,通过提供市场产品质量信号,促进企业信誉的建设和供应链的形成,控制信息不对称所导致的机会主义行为,是我国导入可追踪技术的大背景。而信誉机制下的供应链一体化,反过来又促进可追踪系统的导入。这就是我国导入可追踪系统所面临的独特外部环境约束,也就是可追踪技术与制度环境的成功匹配的关键。

## 4.4 小　结

根据我们的调查和实践以及上述分析,我们认为我国食品安全可追踪系统的逻辑可以表述为:政府监管对供应链产生监管压力,同时通过提供有效的信号以便消费者决策,形成市场压力和激励。在信誉机制的作用下企业组织起来,发展可追踪系统是保障产品质量、便于物流管理的一项重要手段,而可追踪系统反过来也为信誉机制和信用体系的建设以及供应链的发展完善提供信息。这一系列的制度体系构成了社会理性选择的新的均衡。

# Bridge 公司：一个初步成功的
# "公司＋农户"的运作模式及其理论含义

我国大多数农户都是小农户,如何将分散的小农户组织起来,将本地的产品运销到外地的大市场,并对分散农户的产品安全进行控制,是我国当前面临的一个重要课题。作为解决这两方面问题的对策之一,近年来,各地纷纷推出了各种"公司＋农户"模式,但是,由于来自公司与农户两方面的原因,成功的少,失败的多,许多"公司＋农户"组织昙花一现。然而,Bridge 公司创造的"公司＋农户"模式成功地运转了 20 多年,目前发展到了 2 万多个合同农户,2000 多公顷种植面积,成为深圳布吉批发市场(全国最大销区农产品批发市场)的一家批发大户,在某些品种上具有垄断力,公司目前仍在快速扩张之中。

Bridge 公司不仅成功地解决了小农户的产品运销问题,同时,又对农户进行科技支持和产品质量控制。他们的做法,尤其是在知识管理方面的做法,具有重要的现实和理论价值,因此,本部分将基于我们的观察,对这家公司运作背后的逻辑加以介绍,并对其相关的理论意义进行阐述。该公司的经验或许对其他企业有一定的参考价值。

另外,食品安全管理和可追踪系统的建立不是在真空中,而是在一定的社会经济背景下进行,需要镶嵌到现存的制度背景之中。因此,了解 Bridge 公司的运作逻辑,对于理解食品安全管理和可追踪系统设计的制度背景至关重要。

## 5.1　供应链中的主体

Bridge 公司的供应链包括三个主体:公司、收购代理(片长)、合同/非合同农户。下面分别按主体加以介绍。

### 5.1.1 公司

（1）Bridge 公司运作逻辑的起点：技术、勤劳、稳健和诚信。

一个企业的文化往往与企业创立者的信念密不可分，Bridge 公司创立者陈先生个人的信念决定了公司的技术特征和经营方针。

陈先生自幼家境贫寒，属于老三届的学生，1977 年恢复高考后有机会进入广东茂名农业技术学校学习，在校期间曾创立了花生栽培的单产最高纪录，曾获得广东省马拉松长跑第十名。同时，由于家境贫寒，他不得不勤工俭学。毕业后在乡镇担任技术员多年，20 世纪 80 年代初，陈先生一家人到深圳郊区种菜、卖菜，逐步积累发展到了今天。早年的个人经历，决定了公司吃苦耐劳、稳扎稳打、讲求信誉的文化特色，有较强的核心竞争力。

与此同时，早年的学校训练，培养了公司对技术的偏好和研究问题的习惯，这一点将 Bridge 公司与市场其他经营者区别开。公司创造了独特的产品标示与质量跟踪模式、产品分级模式、科技试验总结模式、内部薪酬模式以及准确的市场判断等，进一步降低了公司成本。

诚信经营、技术基础成为 Bridge 公司机制的基本内核。随后，随着公司的发展，其他的机制逐步地叠加、附着在这个内核上。

（2）自有人才的培养和使用。

由于蔬菜种植、运销的劳动强度大，工作环境差（在生产基地需要住在农村，批发市场的工作环境也不佳，并且需要夜晚工作），所需要的知识，一般农村人都具备，无需特别培养。同时，工作流程相对不标准化。因此，公司采取了以农村人才利用为主和家族式管理模式。

公司在用人方面主要由熟人介绍，一般是家乡农村的亲戚朋友，这些人一般能够吃苦耐劳，能够适应农村和批发市场的工作条件，能够和批发商或农民打成一片，工资要求较低，有长期工作的打算，同时，由于来自家族和熟人圈子，他们的行为又受到整个社会关系网络的约束。这些人经过若干年的培养，工作能力也较强，可以胜任多方面工作。陈先生总结他做生意的经验时说："做生意一个是勤，一个是俭。"根据蔬菜生产、运销产业特点，采纳当地人力资源，降低了管理成本和工资成本，是该公司成功的关键之一。

经过多年的探索，Bridge 公司初步形成了以家族文化等非正式制度管理为主、基于利益机制、有一定向心力的团队，公司有 40 多人。

（3）充分把握深圳市场的运作。

深圳布吉批发市场是全国最大的蔬菜批发市场，每天担负着向香港和整个珠江三角洲几千万人口供应蔬菜的功能。蔬菜市场上每分钟价格千变万化，稍不慎重便血本无归。Bridge 公司在深圳市场经营了 20 多年，对布吉市场每天、不同季节、不同天气下的价格变化规律了如指掌。深圳是个流动人口占很大比例的城市,陈先生经理曾经风趣地说,他能够从公司蔬菜销售情况准确预测深圳人口的动态变化。

值得一提的是,Bridge 公司不仅能够准确地把握市场,还能够引领市场。早年间广东人不吃凉拌黄瓜,北方人来了以后开始凉拌黄瓜,但使用的原料是当地的老黄瓜。公司推出青黄瓜以后,深圳人从此改变了凉拌黄瓜的用料。另外,2006～2007 年市场上流行日本南瓜时,公司引入了他们称之为"小圆瓜"的南瓜品种,后来大市场开始接受他们的"小圆瓜"时,他们在该品种上便具有了市场垄断地位。目前,他们正在推广水东芥菜。正是由于超前的市场眼光,公司实际上在某些时候和某些方面成为市场的垄断者,具有市场定价能力。公司的这种市场定价能力有赖于公司独特的"公司＋农户"模式及其技术创新模式(后面详述)。而公司在市场上的超额利润,反过来,又为客户和合同农户的稳定性提供了可分配的"租金"。

在客户关系上,蔬菜的定价不追高逐低,致力于长期关系的建立,稳扎稳打。Bridge 公司在深圳市场上已经形成了一定的知名度,客户绝大多数都是老客户。

正是对市场价格的准确把握和公司的"可分配租金",使得公司有能力和农民签订一定保护价的合同,既可以保证农民的收入,免除农民的市场风险,又能保证公司有利可图,可以长期生存。当市场行情好的时候,公司通过提高收购价,主动地将一部分利润让渡给农户,即使行情再好,公司保证最多不超过 30％的利润。当市场行情不佳时,公司仍然按事先规定的合同价格收购,然后加以销毁(在 20 多年中只发生一次)。通过多年的合作,维护了公司在合同农户中的信誉,建立了比较稳定的关系。公司在制定合同价格中的技巧在后面的"合同设计"部分详述。

### 5.1.2　公司与收购代理(片长)的关系

(1) 选择当地人做中介,充分利用当地人的知识和社会关系网络。

Bridge 公司在广东各地(连州、雷州、电白、韶关)都建立了基地,合同农户达到 2 万多家,如何落实生产计划、处理与农户的买卖关系、推广技术,与农户沟通,及时处理生产上出现的问题,是一项巨大的工程。公司创立了独特的"批发市场＋基地＋片长＋农户"模式(图 5.1)。

首先是由一个或多个村的农户,组成一个片。公司往往选择在当地有一定威信和组织管理能力的人,担任"片长"(收购代理),负责生产计划的安排、种子发放、产品收购装运、公司与农民关系的协调、技术试验示范推广、发展新农户、保证农户/公司履行合同等,公司按收购蔬菜的重量,按一定的费用(0.1 元/kg),支付"片长"相应的提成。

若干"片"组成一个"基地",基地主管代表公司下达每季生产计划、每天收购计划量和价格,向各片发放包装、种子等物资,并协调各片之间收购、运输,并掌握生产上的动向,推广和解决技术问题。公司可以根据"片长"的表现,调整每年、甚至

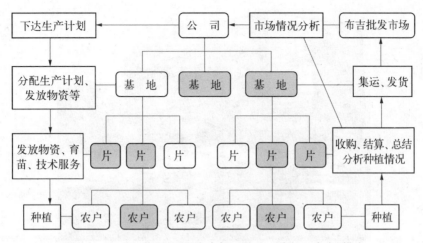

图 5.1 Bridge 公司的"批发市场＋基地＋片长＋农户"模式

图 5.2 Bridge 公司的育苗基地和收购点

每天的收购计划。

一旦生产上出现了技术问题，往往由基地主管、片长、农户合作解决。基地主管往往由于有多年的种植经验可以给农户一些指导，片长往往本身在技术方面有一定的条件，农户作为一个群体也有一定的知识创新能力来发现和利用本地知识，公司通过提供技术创新奖把这类创新收集起来，另外，公司也通过与科技部门的合作得到一些技术咨询。

公司利用不同地区、不同海拔的温度差异，不同的季节在不同的基地循环种植收购，多个基地的产品同时运到同一市场销售。公司的计划往往是依据往年的市场情况进行制定，包装物由公司提供，公司也按成本价向农户销售一些农药、种子。

这个模式的意义在于，它利用了本地的知识和社会网络，降低了公司与农户之间的交易成本，特别是履行合同的成本。正如陈先生所讲，公司与农户之间的合同

图 5.3　运输

主要是约束公司的,因为一旦公司违反合同,农民找公司比较容易,但是,如果农民不执行合同,公司则很难找农民打官司。特别是在我们调查的一些基地,曾经是走私最厉害的地方,也是民风和社会治安最差的地方,有些是人生地不熟(粤北),或者排外性很强(雷州半岛),应该说投资环境不是很好。该公司能够在这样的环境中生存,说明其合约具有很强的稳定性。

图 5.4　记账

在这种履行合同能力不对称的情形下，提高农民的履约概率成为该模式的关键。在这一模式下，履约的机制有五个方面：

第一，是筛选机制。因为片长对当地人比较了解，因此在合同农户的选择上，首先进行了一道筛选。

第二，结算的简化。在收购过程中，由于片长是当地人，收购不需要每一次都结算，我们观察到大多数情况下，农民使用记账的方式。

第三，减少了分等定级和称重中的争执。在我们的调查中，在收购过程中很少发现农户与片长之间因为称重和定级发生冲突，这一点对 Bridge 公司尤为重要。因为 Bridge 公司的经营特点是以质量取胜，不同的等级之间价格相差一倍以上，如果公司与农户在分级上不能达成一致交易很难进行。而农产品的标准化程度低，在等级划分上很容易出现争执。公司曾经在湖南、广西发展生产基地失败，就是因为公司与农户在分级收购上不能达成共识。

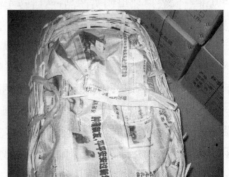

图 5.5 分级与分装

第四，片长自己的关系网络以及对当地社会网络的了解，可以用于技术推广和解决生产技术问题，而且当地人之间沟通比较容易。片头在技术方面的接收能力和推广能力，也降低了技术推广的成本。

第五，片长可利用当地的社会信誉机制(例如在收购点张榜公示不履行合同的农户名字)来增加履约的压力。由于"片长"在当地有一定的社会关系，并且片长的社会关系网络与农户的社会关系之间存在重复博弈关系，片长可以利用这些社会关系网络来监督和督促农户履行合同。因此，这种合同的履行充分利用了已有的本地知识，大大降低了交易成本。"片头"的管理能力与社会关系网络是公司选择"片头"的重要标准。

社会网络关系是一把双刃剑，社会网络的存在与利用也对片头的行为起到了约束作用。"片头"也需要尽力维护他的社会关系网络。

(2) 公司与片长的合同设计。

公司与片长的合同为：公司制定收购价格和收购计划，片头负责收购、分级和装运，片头的收入取决于收购量，但要保证分级质量，同时公司制定种植计划，片头协助公司落实计划，并协助进行技术指导。公司与片长之间是平等市场关系，片长可以灵活地安排其活动，在从事收购的间隙，也可以兼顾自家的"生意"，获得兼业收入。对于片长而言，他的收入取决于收购量，他有积极性努力使农民履约和推广技术，并吸引新的农户加盟。

公司设计了一套管理制度来约束片长可能的机会主义行为。因为是按重量付代理费，代理片长在质量上的控制积极性相对较弱，因此，在各个收购点公司配备了质量检查员，并附加有质量可追踪系统(在纸箱上贴上各个片的代码)，一旦客户反映有质量问题，公司可以追回。另外，公司与"片长"之间，属于长期合同关系，损害公司的利益也不利于片长自身。另一个问题是，公司按箱/筐计重，这样，代理片长可能有"短称"的激励，这也可以通过可追踪系统来加以控制。还有一个问题是在市场供给过剩、蔬菜价格下跌(低于合同价格)时，片长可能收购非合同农户的产品，或者合同农户从非合同农户那里购买产品，然后转卖给公司，这一点公司通过其独有的产品品种特征加以区分，因此，技术本身成为保障"公司＋农户"模式成功的重要支撑。

根据计算，一个"片长"，一个季节可以获得数万元的代理费，这是对他的社会网络、组织管理能力和收购、装运劳务的报酬，但是，这笔收入要远远高于他从事其他活动的收入，即片长的代理工作存在着租金。

由于"片长"拥有与当地农户之间较为强大的社会关系网络，而公司与农户之间的联系相对较弱，因此，公司要取得农户的合作主要取决于"片长"的努力，因此，公司必须给予"片长"足够的激励，使他们有积极性维护和使用他们的社会关系网络。

同样，在片长与公司之间，合同的执行仍然是不完全的，也存在着大量的可观察和不能证实的条款，或者，即使是能够被证明，也很难通过第三方得到执行。因此，在一次性博弈中，双方都没有积极性执行这些条款，但是在长远的预期下，双方将会形成对双方合同的共同知识，并根据执行的情况，调整下一期合同。长远的预期使得公司、代理片长有积极性讲求信誉。片长的收入显然受制于公司制定的计划收购量和收购价格，计划收购量越大，收购价格越高，片长的收入越高。而公司的收入取决于基地的计划执行、产量和质量。因此，虽然合同执行中存在着租金的分割，但长期的执行会形成分割比例的均衡。由于片长数量更多，而公司则相对垄断，公司在租金的分割中占据主动地位。当我问到 Bridge 公司成功的经验时，陈先生总结说："利益关系是最根本的。"

在一些方面，如技术指导、装运、产品收购时的挑选分等方面，属于公司与片长的"共同职能"，这种共同职能没有明确的划分，完全凭相关方的"自觉"行为。这看起来是分工的不明确，但是，大家对此有一个模糊的理解，彼此对对方的工作也有一个心理定位（这种定位因各个片而不同）。这类共同劳动，是否促进了彼此关系的融洽（一种治理机制）尚不能肯定。另外，在基地主管与农民的接触中，也建立了公司与农户之间的直接的"情感/精神"联系，既强化了公司与农户的联系，也削弱了公司对"片长"的依赖。在万不得已的情况下，公司有能力撤换"不合作"或"能力较差"的"片长"。值得注意的是，几乎所有的"公司＋农户"模式中公司都向合同农户基地派出技术员，他们既提供技术支持，又联络情感、监督生产，集生产与交易功能于一身。

## 5.1.3　公司与农户的关系

公司与农户的合同因产品在批发市场和产地收购市场的垄断程度不同而异。对于市场上普遍交易的产品，如辣椒，没有保护价，农民可以卖给别人，也可以卖给公司。公司可以收购，也可以不收购。而且公司可以从非合同农户手中收购，也在非生产基地（如高州）设有收购点收购蔬菜，以满足自身产量的不足，特别是收购一些高等级的蔬菜。对于不完全竞争产品，如豆角（市场上也存在着类似产品，但Bridge 公司的品种有所差别，并且，公司为此提供了种子和技术服务），公司设定保护价完全收购，并有条件地允许农户外卖，即当别的客商的收购价比 Bridge 公司的收购价高 2 角以上，公司允许农户外卖给别人。对于完全垄断性产品（一般为品种独特的产品），公司提供种子，试验推广。如西红柿，公司制定保护价收购，并且发给农户的番茄苗实际成本 600 元，但公司只收 150 元（并且是赊销给农户），这就具有极强的信号价值，也使得公司拥有道德优势，不容许农户有外卖的行为，具体的监督机制可能有：农户监督农户、片长监督农户、社会关系网络。

这种根据产品垄断程度不同签订不同合同的做法，有多种好处：一是减少公司风险，降低公司执行合同的难度；二是可以获得营销上的优势，在销售产品时，客户往往需要不同类型的各种产品，Bridge 公司在销售其垄断产品，可以顺便搭配销售竞争性产品，而客户则减少了到不同地方采购的不便；三是农户出于销售的便利，往往将非垄断产品和垄断产品一起交售给公司；四是公司与农户都有某种程度的灵活性，农户可以在市场上出售，公司也可以在市场上采购，农户与公司之间的关系具有高度的适应性，这是由蔬菜的供求的高度波动性和不确定性决定的。因此，我们称之为**半个"公司＋农户"模式**。

最近他们正在试验两种新的合同方式:一是,对于一些特殊的品种,如芥菜,公司采用从农民手中成片地租赁土地,然后,雇用农业工人,提供技术,在一定的合同价格下,按产计酬;二是,针对合同农户规模小、分散种植的特点,为了获得种植上的空间规模经济,公司将一些核心种植区附近的多个农户(甚至一个村)的农地,以较优惠的价格从农民手中租赁(按季节)过来,然后转包给其他农户种植,按产量计酬,这样,扩大了农户的经营规模,促成了种植连片。公司在这里起到了农户土地交易的协调作用,这可能使得 Bridge 公司的"公司+农户"模式更上一个层次。

图 5.6　优质优价

对于农户而言,与 Bridge 公司签订合同要优于不签订合同,因为公司保护价的设定,使得农户至少可以获得比从事其他经济活动相当或更高的收入。例如,在电白县,按照西红柿的保护价和平均产量,可以使农民在冬季可以获得 15 000 元/hm² 的纯收入,远比当地多数经济活动收益要高。农户加入了合同之后,努力比不努力要好,因为,农户为自己劳动,产量越高,特别是质量越好,农民的收入越高,农民有积极性努力学习技术和工作。

公司也设立有相应的机制来抑制农户的机会主义行为。农户在履行合同时,有两种机会主义行为,外卖(市场价格高于公司收购价)或外买(当公司的收购价高于市场价)。对于外卖行为,公司实行的约束制度是押金制,也就是先缴纳的产品中,有部分货款(对于西红柿是 600 元)不支付给农户,待到合同期结束时,一并支付,如果在合同执行完以前,农户有外卖的行为,则押金没收。对于外买行为,公司通过签约产品的独特性来加以控制,非合同农户的产品与公司的产品不同。另外,由于社会网络的约束,农民履约要优于不履约,更进一步,公司相对稳定的价格和农户对公司的信任,免除了单个农户每天为了出售少量产品不得不蹲守街头担心发愁,节约了农户的心智负担。每日农户只需要将产品送到收购点,瞬间便可完成交易,且价格与市场价相当。另外"片长"也有积极性让农户交在收购点,以增加自身的收益。

农业生产合同总是高度不完全的,存在大量可观察而不可证明的条

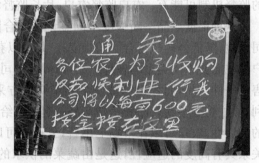

图 5.7　押金制度

款。如在所有的类似模式中，如泰国的 Swift、Taniyama 公司（后面有详细介绍），都要求农户进行预分级，但是，收购点要进行二次分级，公司对等级保持最终的发言权。但是人们事后对彼此是否诚信，有一个主观的判断，合同双方对此心知肚明。有些条款即使能够证明，也无法通过第三方得到执行（成本太高）。在一次性交易中，双方都有积极性违背这种合同而不受惩罚，但在重复交易中，双方都可以通过在下一期中止合同，或者修改合同条款，来惩罚对方。在所有调查的公司都存在延迟一段时间（一般一周）后，再通过收购点将货款发送给农户。这也许是对农户不诚信行为的一个威慑。

由于农户可以从与公司的合同关系中获得租金，公司可以根据对农户执行合同的诚信程度的判断，来决定下一期是否续签合同，这种租金再加上公司与农户之间的重复博弈关系，使得农户有积极性讲究信誉。总体上合同农户通过与公司的合同关系，具有某种类似效率工资的租金受益。

此外，Bridge 公司还在生产基地从事修路、捐资助学、奖励优秀中小学生等社会公益事业，这既反映了公司的理想和形象，也密切了公司与社区农民的关系。

---

### 发展优质无公害蔬菜协议

**甲方：**Bridge 公司

**乙方：**

随着蔬菜市场不断发展的需求，双方体会到在原来合作的基础上需要更加配合，更加完善的管理制度，才能使双方在蔬菜生产和经营中达到双赢，双方通过充分商议定出如下协议：

**一、甲方的责任**

1. 通过开会学习，发放资料等形式提高乙方的种植管理水平，使蔬菜生产达到高产优质无公害。

2. 按成本价或低于成本价向乙方提供优良蔬菜种籽或种苗。

3. 帮助乙方规划好土地、种植期、种植面积，创造高产优质的地理环境。

4. 乙方合同内种植的合格蔬菜产品甲方一律要收购，价格随市场行情而变动，但不准低于保护价（见附表）。

5. 每批蔬菜收获后包装前，进行残留农药的检测，杜绝农药"超标"蔬菜进入市场。

**二、乙方的责任**

1. 认真学习探索高产优质的栽培技术，精耕细作，提高蔬菜的产量和质量。

2. 按甲方的要求，选择好土地，按期播种，按时施农药、及时施肥，增加有机肥。

3. 按无公害蔬菜的生产规程进行生产,不准施用"禁用农药",蔬菜未达到安全期不准收获上市,如发现有农药"超标"的蔬菜就地销毁并对生产者罚50~1 000元。

4. 乙方生产的蔬菜要分级收购,分级包装,不得妨碍分级收购工作,不准以次充好。

5. 乙方生产的合格产品要全部卖回甲方,价格按照市场价格而定,乙方不得以任何理由自己外卖产品,如果有发现外卖行为,按甲方向乙方的投入双倍罚款,并停止双方合作关系。

三、本协议一式三份,甲、乙双方各执一份,当地主管部门存一份。甲、乙双方任何一方违约,双倍赔偿双方所造成的经济损失。

四、协议自签订之日起生效,如果有不周全之处,在实施中甲、乙双方可通过商议修补。

甲方签字或盖章:　　　　　乙方签字或盖章:

　　　　　　　　　　　　　　　　　　　年　月　日

### 附表:几种蔬菜的规格以及质量要求和保护价

| 品　种 | 规格以及质量要求 | 保护价(元/公斤) |
|---|---|---|
| 一级以色列番茄 | 每个150克以上,完熟全红,无虫口、无损伤、无病果 | 0.8 |
| 二级以色列番茄 | 每个100克以上,其余与一级相同 | 0.5 |
| 扁　豆 | 无虫口、无病果、无淋水、未凸米、每条5 cm以上 | 0.8 |
| 四季豆 | 无虫口、无病点、无淋水、光滑未凸米、每条10 cm以上 | 0.6 |
| 一级明珠番茄 | 每个150克以上,熟度按天气而变,从一点红到半红,无病虫口、无损伤 | 0.5 |

### 种植以色列番茄协议书

为了把生产与市场相结合,使蔬菜生产形成产业化,保障生产者与经营者的利益,现Bridge公司(简称甲方)与××镇广大种植户(简称乙方)订如下协议,以便互相监督执行。

**一、甲方的责任**

1. 甲方组织乙方做好生产计划,并宣传培训种植技术。

2. 甲方低于成本价或免费给乙方提供种苗或种子。

3. 甲方低于成本价或免费提供当地没有但又必须要用的农药。

4. 甲方须在保护价以上全收乙方生产的全部合格产品，并按时兑现货款。

**二、乙方的责任**

1. 按甲方的要求，积极生产，精耕细作，按时按量做好各种栽培任务。

2. 乙方生产的合格产品必须全部卖给甲方，如发现外卖，立即停止本协议；并要赔偿甲方的投入每亩 600 元和损失 400 元共计每亩 1000 元。

3. 乙方必须尊重甲方质检员的工作，不得无理阻碍收购工作。

4. 为了保证本协议的执行，在产品收购时乙方必须每亩押 600 元保证金。

**三、本协议自签订日起有效，生产季节结束而结束。**

此协议一式三份，甲、乙各一份，当地政府部门存一份以监督执行。

甲方签名：Bridge 公司

乙方签名：

签订时间：　　年　　月　　日

**附：**

以色列番茄的质量：全红，无病斑虫口，无裂痕，无伤口，无泥巴，无水。

一级：每个 150 克以上；二级：每个 100 克以上。

保护价：一级 0.8 元/公斤，二级 0.6 元/公斤。

# 5.2　独特的生产技术的创新、
　　　积累与共享模式

Bridge 公司经过多年的摸索，创造了"市场＋科研机构＋推广"一体化的技术创新模式（尽管他们自己没有这么命名）。

一方面，公司自上而下向社区导入新的技术。该公司虽然是一家农产品运销商，但陈先生与全国各地的蔬菜种子公司、植保公司（如中国农科院植保所、武汉农科所、深圳市××××种子公司……）保持着紧密的个人联系。陈先生也提到他喜欢与文化人交朋友，还聘请深圳市植保专家、华南农业大学教授每年到生产基地给农民讲课，直接将当前最新的品种和技术传授给农民。使得偏远的农村能够种上日本、以色列、澳大利亚的品种。公司还订阅技术杂志,向农村的技术能人(多半是'片长')赠送一些图书和视频技术资料,大大提高了农民的技术水平。现在一些农民感觉到一些刚刚出版的蔬菜技术书籍讲得"太简单"。当生产出现了关键问题而当地农民自身不能够解决时,公司可以通过与深圳一些科研部门或个人的社会联系,努力寻找解决办法。

图 5.8　公司赠送的技术资料

除了这种自上而下的技术传播以外,该公司还有一套传播消化外地技术、总结利用本地的知识的独特机制。

(1) 以市场为导向的创新。

公司往往选择山东蔬菜为标杆,引进山东的蔬菜在广东种植,一旦成功,则可以获得竞争优势,因为在广东种植,就近销售,省却了运费,蔬菜也更新鲜,当地露天种植,相对成本也更低。为了使农民建立质量观念,公司还组织新基地的代表亲自到深圳市场观摩不同质量蔬菜的价格差异和销售情况。

(2) 每年免费向一些种田能手(片长或密切关系者)提供多个试种的品种。

这种试种虽然没有正式的产量记载,但有一个大致模糊的评估。凡是在第一年(产量、外观、口味)表现较好的品种,在第二年适当扩大种植,如果继续表现良好,则在第三年全面推广。因此,公司能够做到循环试验,每三年更换一次品种。不仅可以不断地推出新的品种,也可以减少病虫害。试种如果造成了损失,公司适当给予补偿。通过这种试种,农民还总结该品种在当地条件下的栽培方法和注意事项。现场示范可以提供丰富的隐性知识;农民学习新技术需要现场的试验示范,其他的农户通过观察试种农民的农事操作和产量,来了解新品种的种植技术,并自主决定是否采用新品种,这样,品种评估、栽培方法的探索和推广,三位一体。上述机制保证公司每隔 2~3 年都能换一些品种。

(3) 通过农民的"研究性种田"模式总结本地知识,并鼓励农户之间的技术共享。

在蔬菜种植中，品种并不是一切，在不同的地区和气候下，蔬菜种植会面临一些新问题，这需要整个基地合同农户的共同探索和知识共享。笔者观察到，在每个"片"的收购点，每天来交货的、来自不同村的合同农户，会讨论和交流他们生产上出现的技术问题。

为了促进这些探索和本地知识的共享，公司在每个收获季节结束时召开由全体合同农户参加的总结大会，由农民技术能手向农民讲授各种蔬菜的种植技术，让农民来教育农民。陈先生讲，有些农民技术能手"比农业专家还厉害"。在知识管理上，这实际上是一种基于社区的知识创新、扩散、储存知识的模式。

另外，公司在每个基地设立了大户奖和技术创新奖（相当于大约价值 1000 元的肥料），前者奖励那些在当年交售产品最多的农户，后者奖励那些为解决生产中出现的重要技术难题（如某种病害的防治）提供了有效方案的农户。这些农民的创新，还可以通过公司与有关科研人员的联系，而扩展到更大的范围。当我们和华南农业大学张教授在一起时，他就对陈先生讲到的农民发现的防治西葫芦病毒病的方法很感兴趣。他说："农业科学家的作用在于将许多不同农民的发明汇聚起来加以传播"。

在经营上，前几年注重品质是公司的特色。公司创立的品质分级标准比国家的还要细，而且被市场广泛接受。如西红柿被分为三级，西葫芦分两级，小青瓜分两级。由于有了品质标准，交易标准化，客户心中对 Bridge 公司的蔬菜有了心理预期，所以往往蔬菜在运达市场之前，已经销售出去了。

近年来，随着社会对食品安全的重视，公司也逐步注意安全的控制。在安全方面，作了三项工作：一是可追踪系统（同时也有品质管理作用）；二是指导农民用药，提供一些高效低毒的农药，并提供技术支持；三是"打招呼"（通过片长强调一下），由于公司与农户、片长与农户的密切关系，可以预期这种"打招呼"是可以起到某些作用的。虽然，这种约束不足以保障蔬菜安全，但是，与纯粹的市场采购相比，农药的使用得到了一定的约束。2005 年公司在粤北的基地已经通过了深圳市农业局的无公害农产品认证。2007 年，电白的基地通过了无公害认证，使用了农户手册（基本信息、生产计划、违禁农药告示、奖励条件、收购登记）。尽管这样做还没有得到市场回报，公司希望能练好内功，争取发展成为一家出口蔬菜的企业。

正是有了这种独特的技术引进与创新模式，公司在某些产品上在深圳市场占据了垄断地位，也正是这些机制保障了上述合同的稳定性，生产技术与交易技术是相互匹配的。

这种技术创新模式与市场需求结合起来，与乡村社会和经济组织结构有效融合在一起，与产业发展结合起来，在"干中学"，在实践中发展，在实践中学习，将自上而下与自下而上的知识传递结合起来。

相比之下,我们国家基层的技术推广人员,要负责当地所有作物的推广(乃至一些行政事务),因而不够专业,自身并不从事相关的生产活动,知识容易老化。同时他们的工作难以考核量化,工作积极性难以调动起来。他们的推广基本上与产业脱节,技术或知识的传播与乡村的社会结构相脱节。国家的推广模式怎能有如此的效率呢?

## 5.3　稳定的均衡:三方都有积极性履行合约

公司有积极性履行合同,赢得"片头"与农户之间的信任关系。公司履行合同主要表现在按合同规定的价格和等级划分标准,收购农户的产品,提供技术服务。同样,合同的内容表述是含混的。技术服务不能衡量,划分的等级标准也不是很清晰(在具体操作上可松可严),虽然有保护价,但在保护价以上价格仍有很大的伸缩空间。但 Bridge 公司出于对自身长期合作利益的追求,有积极性维护与农户、片头之间的长期关系,保障他们获得部分租金。

农户没有自己的销售渠道,因而种植的成败与否对合同收购有很大的依赖性。而农户是否愿意与公司签订合同,又取决于双方的信任,在农民与公司互不相识时,公司使用了一些机制来启动双方信任建立的过程。农户往往更相信当地政府,因此,公司最初在与农户签订合同时,最先借助了当地片长/政府的信用,建立初始的信任,公司通过存入一笔资金作为履约金,该资金唯有当地政府和公司双方签字方可动用。建立了初始信任之后,公司则坚持合同,使得信用得以进一步维持,公司在价格低迷时,保证以保护价收购农户的蔬菜,例如,某一年西红柿价格大跌,在连州收购西红柿运到深圳,连运费都收不回来,但是,公司坚持收购,并就地销毁了数万斤西红柿。在价格上涨时,公司保证最高利润不超过 30%(可信),从而将涨价的收益转移到农民手中,建立了公司与农民的长期关系。公司还在捐款修路、捐资助学等公益事业方面投资,在当地社区建立了良好的社会声誉和形象。

公司维护自己的信誉也是有回报的:有了自己的生产基地,可以引进和试验外部技术,在产品市场上维持某些产品的垄断地位,保持稳定的供货数量与质量,使客户形成稳定的数量与质量预期,降低交易成本从而获得租金,而这一切都是以稳定的生产(供货)农户群体为基础的。

尽管信任的建立是基于自利的计算,但是,信任一旦建立,就成为一种信念,可以降低公司、片头、农户之间的交易成本,为供应链创造价值。基于数万农户的信任,公司可以协调他们的生产,并建立生产与市场的有效联系,成为供应链独特的核心竞争力,但公司与农户之间往往又最难以建立信任,需要数年的投入和维护,缺乏这些投入(包括人际关系的投入)是很多"公司＋农户"模式失败的重要原因。

总的看来,Bridge 公司"公司＋农户"模式是一个纳什均衡,农户获得了稳定的价格和技术的支持,公司获得了稳定价格、数量、质量的货源和技术创新的基地,合作的租金保证各方都有积极性来维护这个均衡,但是,各方博弈的策略主要靠的不是正式制度,而是依靠社区内部精细的社会结构,这是农村社会文化环境和农民行为、农产品(非标准化、受自然控制、风险大)交易所特有的。

## 5.4  演化中形成租金分配比例

在 Bridge 公司的模式下,公司、农户、片头都创造和获得了大小不等的租金。但是,如何在公司、农户与片头之间分配这些租金,不仅影响公平,也影响效率。

Bridge 公司存在于双方垄断的情形,在竞争的环境中不能够成立。垄断程度越高,双方的关系越好。Bridge 公司越是偏远的基地农户越认真(机会成本低),专用性资产投资越多,租金越大。相反,"公司＋农户"在技术发达地区没有技术优势,不稳定,难以建立,他们在高州只是收购等级最高的产品。技术可以创造这种产品垄断的方式,关系的信任也可以创造这种垄断。一个小的初始技术垄断上面,可以叠加市场机制和衍生新的垄断,并演化成为稳定的模式。在 Bridge 公司技术优势是初始垄断,关系信任是派生垄断,后来本地知识的总结也是派生的。

一旦有了专用性投资,就存在相互套牢的问题,需要提供一个租金分配机制来为双方投资于专用性资产提供激励。农户在为公司生产中,逐步形成了某些专用性资产,比如生产销售习惯的形成(不习惯到市场上蹲守)、特殊人际关系的形成、特有的技术(种植、病虫害防治)和设施(如西红柿竹篱),而存在套牢的问题。同样,对于公司而言,也存在某种套牢问题(如建立基地的专用性投入、人际关系的投入),但似乎不如农户严重。套牢问题的存在会影响各方专用性投资和合作的意愿,减少了合作剩余。

与专用性投资相关的是租金的分配问题。另外,各方之间都不可以将合同写完全,农业生产和交易的非标准化,为双方的机会主义提供了无穷多的可能,各方的机会主义不仅影响租金的分配,同时会增加租金的耗散(如农户的预分级)。但在长期交易中,在当地的社会习俗下,各方存在一个可观察、但不可核实的主观绩效评价。它规定了"可接受"与"不可接受"行为的标准。理性的各方会注意到对方的机会主义"小动作",同时,做"小动作"的一方,也会预期到对方能够观察到自己的"小动作",并会用相应的"小动作"来反制己方。各方越是感到租金分配"公平",就越是会"诚信"。主观绩效评价、租金分配和机会主义之间存在着微妙的平衡。

某种关于"公平"的共同知识,决定了租金创造和耗散水平。

过度寻租的社会福利下降(心智资源的浪费),但一个不追求租金的社会是没有活力的社会。在 Bridge 公司的模式中,租金的分配可能受到了公司与社区文化习惯、信息不对称、"片长"的租金、各个"片"之间的竞争、公司之间的竞争等影响。在 Bridge 公司的模式中,存在着信息不对称,社区对公司收入的不了解,但公司对农户、片长收入相对更了解,因而,公司在租金的分配上有更大的主动性。公司自身的信念(文化)和社区的习俗背景对于"公平"的定义有一定的影响,这是博弈的制度背景。"片长"相对较高的租金使他们有积极性阻止农户对租金的过高要求。各个收购点之间的竞争,削弱了各个"片"的谈判能力。同样,如果存在多个外部收购公司,则公司的谈判能力下降。一旦共同知识建立后,各方会选择相应的"诚信"水平和相应的"公平"租值分配作为均衡路径和均衡结果。

# 5.5 结　论

经济学就是研究在理性假定下,发现理清现象背后的因果关系。本案例说明了以下三点重要的结论:

(1) 只要产权是清晰的,公司、代理人、农户之间会自动形成相应的交易成本最低的组织形式。

农业由于生产过程和产品的非标准化,清晰的产权界定比较困难,而成功的界定又是供应链有效合作所必需的。越是成功的供应链,其产权界定越清晰。

在清晰的产权下,市场相互博弈会自动形成相应的产权配置、知识运用和租金创造。信任、知识的运用和租金的积累是这个博弈均衡的结果,属于派生效应。这有点像套套逻辑。存在的总是合理的、有效率的,经济主体有自适应性(个体最优化趋向),经济组织具有自组织性。市场上任何一个有效率的组织都是在清晰产权下各方博弈的结果。用张五常的话来说,这个解释的内容太少。需要下面的解释来增加其内容。

(2) 一个稳定的"公司+农户"模式也必定是垄断的,而且能够创造租金。

要组建"公司+农户"模式,公司自身必须具备创造初始租金的能力,从而能够给农户一个效率工资。不给予农户以租金,农户在为市场与公司生产之间无差异,任何风吹草动将使"公司+农户"模式走向失败。不能给予农民租金的企业,不可能创建"公司+农户"的模式,这也许是我们目前很多公司+农户模式失败的原因。

要产生租金必须产生垄断。所有的"公司+农户"必须一方有某种方式的垄断,垄断的好处是降低维护"公司+农户"模式的成本,降低偏离市场的可能性(这就是公司的核心竞争力)。Bridge 公司存在于双方垄断的情形,在竞争的环境中难以稳定。垄断程度越高，双方的关系越好，创造的租金越多。垄断产生的逻辑起点可能是人的偏好——讲诚信，先一方拥有租金，并给予他人以信用，他人回报以信用，形成良性循环。然后，偏好固化，成为心智模式，各方在各自领域内积累知识。

租金的创造依赖于知识的运用，为了租金最大化或交易成本的最小化，市场机制作用的结果会使得产权配置给最有知识、最有控制能力的一方，如农户拥有生产活动的产权（按产量、质量计酬）、"片头"拥有与农户交易活动的产权（按收购量计酬）、公司拥有市场定价及其他剩余活动的产权（曹土龙主张按农作物的属性来划分产权，如种子权、栽培权、植保权、交易权、定价权等，如此类似）。

公司创造的租金是初始租金，农户合作产生的是次生租金。综合看来，Bridge 公司是一个租金创造的公司，公司、片头、农户享受了大小不等的租金。租金创造与分配对于该模式的发展具有重要意义。初始的租金来源于该公司相对于批发市场独特的技术优势和市场的把握（来源于该公司在创立模式之前的探索与学习）。给予片头和农户以租金，他们才愿意加入合约，促进了公司、片头和农户之间的信任关系，进而，产生了更大的租金，并在公司、农户和片头之间分配。某种意义上，正是农户和片头自身的合作与讲究信誉，为他们自己创造了租金。

虽然各方都为供应链租金的创造作出了贡献，同时各方都获得了经济租金，但是，各方对租金的贡献和分配是不平等的。为了使得供应链的合作能够得以进行，必须存在一方在租金的分配和供应链的协调上占支配地位，负责租金的分配，成为供应链的剩余索取者，即供应链"链主"。而作为"链主"的一方，必须是租金贡献最大者，或者具有垄断性的知识，或者其操作难以标准化，对最终的客户影响最大。在一般供应链中，往往是零售商，而在 Bridge 公司供应链中，就是Bridge 公司。

在当地文化习俗一定的情形下，公司提供的租金大小与社区回报的"合作"之间是否存在正相关。分配给对方的租金越多，就可以获得对方更多的合作，进而各方会有更多的可分配租金/或减少租金的耗散。在农业生产中，公司与农户之间的合同高度不完全，需要给予足够的租金为彼此的合作和知识运用提供激励。这样看来，最佳的租金分配与交易成本最低相等价。

Bridge 公司的经营模式下，公司、农户和片头都获得了租金，三者都有积极性维护这种模式。因此，该模式是一个三方博弈的均衡。即使在今天中国社会，信用缺失、机会主义泛滥，这个均衡的稳定性经受了考验。在小农经济和集体经济之间，Bridge 公司创造了我国农业的"中间道路"。

（3）Bridge 公司的经验，创造了一个具体的组织形式。

Bridge 公司的创新在于它提供了博弈的具体"内容"。Bridge 公司选择了博弈的各方，并基于当地的社会文化环境，通过公司具体行动的选择，影响、诱导或限定了其他博弈方的相关的行动选择，导致了有效率的结构。Bridge 公司的博弈结构以及这个博弈下的具体结果（产权界定、知识的运用）值得玩味。

在 Bridge 公司模式的激励机制下，各方的权利界定和知识运用表现为：农户着重于当地生产技术的积累与创新，承担生产风险，公司负责外部技术的引进和市场产品行情的把握，主要承担市场风险，片头负责社区的社会关系的维护，方便公司与农户之间、农户与农户之间的物资交流（产品收购）和信息沟通（技术推广），承担社区人际关系风险。产权配置给最有知识的、最有能力控制的人。

Bridge 公司模式的运转，需要多个因素综合起作用。从该案例看来，该模式起作用的重要因素有：公司研究性的创新文化、基于长远考虑的诚信文化、家族式管理、一支低成本有凝集力的团队、独特的技术创新模式、基于农村社会结构的由三方参与的合同设计。市场知识与生产计划的结合，科技与生产的结合，诚信为本。"技术（本地、外地）＋市场＋生产"三者无缝整合是 Bridge 公司的核心竞争力。

Bridge 公司核心竞争力产生的市场绩效为：

1）主要是通过收购时的分级来提高质量标准，从而可以吸引批发市场中的高端客户，降低了交易成本。

2）通过种植时技术的培训、社区中农民之间的技术传播来提高产品的质量。

3）通过新品种的引进、试种，引领市场，获得超额利润。

4）相对稳定的货源保障（这同时也导致保护价的高成本），利用重复博弈的声誉机制。

5）双方专用性投资，降低了交易的不确定性。

6）以本地菜来替代外地菜，降低运输成本。

7）灵活的适应治理机制，长远合作的预期（信任），限制了公司任意定价的行为，保证可以相机调价，而不需要事先拟定复杂的合同。

这一整套治理机制的积累以及与相关的社会经济背景整合，不是一蹴而就的，而是长期以来供应链内外部利益相关者（公司员工、片长、农户）相互之间以及与内外部自然社会经济环境因素适应与磨合的结果。最初的起点可能与 Bridge 公司管理者个人的性格、知识结构、品德和经营理念——吃苦、节俭、实干、诚信、农业技术——有关。但随着供应链的发展会出现一些新的因素，一些新的机制便会嫁接到旧的机制上，同时一些不相适应的机制将得到调整，逐步磨合，在动态中发展、调整和积累。由此导致了 Bridge 公司不同于其他蔬菜批发商的资源组织形式——公司＋技术/种子＋保护价＋农户。由于有了自己的基地和技术，因此有了稳定的货源，可以尝试新的品种，有引领市场发展的能力，进而获得一定的市场垄断地位，也有能力以"本地菜替代外地菜"，获得运输成本的优势，因此，Bridge 公司能够长期不败。这些因素综合起来，别人（即使是本公司的员工）复制起来有一定的困难。

## 5.6 Bridge 公司的局限性与建议

无疑,Bridge 公司的这种模式是具备独特的竞争力的。但是,这种形式也是陈先生个人在一定的知识基础上和社会经济与历史背景下摸索出来的,反映了社会的要求,为它未来发展奠定了良好的基础,同时,这种模式也存在个人知识和环境的局限性,因而也存在改进的空间。

成也萧何,败也萧何。Bridge 公司的成功在于相对于其他的供应链,它的产权界定相对清晰,有利于激励各方知识的积累和使用,但它的局限性也在于公司内外的产权的界定还不够清晰,这影响了各方的知识运用,Bridge 公司的模式还存在改进的空间。

Bridge 公司的"公司＋农户"模式走到今天,也许可以从两个方面进行创新:

(1) 改革公司与基地主管的关系,复制已经成熟行之有效的模式('盖章子'),扩大公司的市场覆盖率(做大)。

(2) 改革公司与农户之间的关系,走规模化、连片集中种植,提高基地的技术水平(做强),与之相伴随的是组织创新。

### 5.6.1 公司内部的产权界定与租金分配

公司最大的问题是,公司与基地主管和批发中心主管之间的产权没有清晰界定。

Bridge 公司的成功运作,取决于生产基地和批发市场主管作用的发挥。但基地主管是公司员工还是"企业家",或者说,是属于拿工资的人,还是剩余索取者,定位还不清晰。这种不清晰影响了主管积极性的发挥,导致了租金耗散。

一方面,主管们有一定的决策自主权,就公司的事务进行决策。为了提高他们的积极性,公司给他们都配备了股权和奖金;另一方面,公司账目并不完全透明,股权实际上相当于奖金,主管们似乎还是拿固定工资的员工。

一个直接的后果是,员工们不断要求更高的工资,主管们的积极性不能充分地发挥,一些中高级的管理人员流失,基地的开支得不到控制,同时公司缺乏主管。显然,公司内部就企业的利润分配上存在着分歧。如何解决这个问题?

首先,需要对员工积累的专用性资产加以承认。公司的发展过程中,员工在公司工作中积累了专用性人力资本,存在某种程度的"套牢"问题。这个时候,即使公司不给予相应的报酬,员工们也很难有其他更好的选择。从公司的角度看,这似乎节省了成本,但是,对于后来者这给予了一个坏的"示范"作用,不利于吸引和激励新员工,因为其他行业的收入与发展空间可能更大。

其次,按照决策自主权主管会成为剩余索取者,基地主管有较大的自由度,空间上比较分散,比较难以监督。同时,批发市场主管虽然离得比较近,但更多的是脑力劳动,不同的知识利用方式,会对结果产生更大的影响。现在公司的薪酬结构似乎没有为不同的工作提供不同的薪酬激励。公司内部还面临着人员流失的问题,一些主管可能还有"乱花钱"的现象,基地的开支不能得到控制。按照产权经济学的原理,产权应该界定给最有能力或知识的人。公司如果不能控制基地的支出,就应该把这部分产权界定给主管,让他们成为剩余索取者。

管理者(剩余索取者)与员工的区别在于,管理者能够从事一些非程序化的工作,并且不断地将复杂的、不规则操作模式化,然后交给下属,然后管理者转向新的非程序化工作,这样,随着工作程序的延伸,管理者可以指挥的人力越多,管理者的作用也就越大。一个成功的企业在于它打造了一个成功的工作程序。

一个员工的目标,就是成为管理者,从体力劳动者成长为脑力劳动者,从而可以从资本的运作和员工行动的协调中创造更多的价值和收益。一个纯粹的体力劳动者所能够创造的价值是有限的。只有在它可以运用更多的资本和人力的时候,才可以创造更多的价值。

第三,进一步精炼、提升公司的作业流程,建立公司内部的"标准化"作业流程和核算体系。由于蔬菜产业的非标准化,公司在开始阶段需要利用家族关系和本地人员,借助社会规范和社会结构来协调公司内部人员的关系,可以大大降低管理的成本。但是,随着公司业务的扩展,需要引入相对正规的标准化管理。只有标准化的管理,公司才能够扩大。

Bridge公司的管理者似乎是更喜欢"琢磨事",而没有注意培养人。虽然有了今天的成就,他依然忙于第一线纷杂的工作(市场定价),试想一下,如果管理者长期从事一线劳动,员工的成长空间又在哪里? 早期跟随陈先生的员工虽然得到了锻炼,工资收入也得到了提高,但依然干着同样的工作。我曾经开玩笑说:Bridge公司只有三个工种:老板、老板的司机和其他工种(大量的基地主管在其基地生产活动结束以后被派往其他基地当作体力劳动者使用)。

公司雇佣员工无非就是要使用员工的体力和脑力,从而使管理者能从体力劳动或简单的脑力劳动中解放出来,发挥更大的作用(公司员工实质上是管理者的手、脑的延伸)。一个好的管理者就在于不断地把从事体力劳动的员工,培养成为脑力劳动者,从而使得以往只能替代管理者体力劳动的员工,能够逐步替代管理者的简单脑力劳动,管理者可以从事更加具有创造力的工作,同时也给下属创造了锻炼的机会和成长的空间。

如果管理者不能够成长到更高一级水平,下属就没有成长的空间。因此,管理者在转移知识的同时,也需要不断进步和创造。在某种程度上,Bridge公司的发展空间就在于它给员工提供的发展空间。

随之可能出现一个问题：如果员工把管理者替代了，管理者不是出现了生存危机吗？不会的。一个公司的运作，往往不是某个人的知识决定的。靠的是很多人的协作和公司的文化、员工的预期。即使管理者个人的知识，除了显性的知识以外，还有许多隐性的知识，连管理者自己也说不出来，是无意识的。一个人很难去完全替代另一个人的知识。

第四，推动 Bridge 公司在更大空间范围内的扩展，公司专注于市场网络和品牌的经营，基地主管则专业化于生产。鉴于 Bridge 公司在"公司＋农户"方面的多年的实践，已经形成了一套成熟的模式。另一方面，Bridge 公司经过了 20 多年发展，储备了一定的人力资源和知识，有条件在全国进行大面积"复制"其成功的模式（我们戏称为'盖章子'）。通过多个地区生产和销售基地的建立，实现"全国种、全国卖"，利用不同的气候和市场差异，分散市场和自然风险。这在我们所调查到的山东、浙江的一些农产品运销公司早已实现。

公司在全国范围的扩张也可以在更大范围内选拔人才，给予基地主管等中层领导更大的权利和经济激励，以调动他们的积极性，增强公司的生产与市场扩展能力。

针对 Bridge 公司的具体的设想是：建立以基地为利润中心的合伙制。也就是说，鼓励有经验的主管走出去，发展基地。一个主管负责一个基地的生产及其开支，这样，公司可同时存在多个基地。与此同时，公司需要在多个市场同时运作，以销售各个基地的货物，各个基地分别派人到各个销售中心进行货物销售，销售所得和成本按基地分别核算。这样，每个基地是基地主管自己的。公司无需自己来控制基地的开支，内部控制问题也因为公司战略的调整迎刃而解。

公司通过投入部分资金来持有基地的股份。公司的收入来源除了在各个基地持有股份外，主要是各个基地之间的种植计划和各个市场之间的协调，专注于网络和品牌经营。现在的规模太小，不足以形成品牌优势。

如此一来，各个基地主管也就需要有更多的挑战（需要更多的生产决策）和成长的空间，收入随之也提高了。公司管理从收入激励向个人发展机会方向转变。员工成了企业家，员工不仅可以有更多的收入，而且可以通过自己的劳动获得更多的锻炼和知识增长。只有这样，才可以不断地培养更多的基地主管和更多的生产基地，进而在区域性、乃至全国性的市场上形成垄断地位。只有在市场上形成垄断地位，才能够给农户提供稳定的保护价，只有在市场上有溢价，才可能给农户以更高的收购价。如果形成了全国性的网络，那么一些基地主管则可以进一步上升为区域总经理。这个时候，公司才有可能进行更多的组织和技术创新。操作的平台越大，创新的空间也越大，利润的空间越大。

当然，这个设想也存在一定的不确定性，它取决于基地主管工作的私人知识的多少。私人知识越多，该模式越容易成功。另外，如果基地功能的加强，基地主管和片头的功能将相互重叠,需要削弱其中一方的功能,这意味着公司的经营模式需要改变。从现实看,因为 Bridge 公司目前的运作模式本身仍然具有一定的优势,形成了一套相对成熟的操作模式(惯例),如果没有外部的挑战,公司往往不会主动进行模式的创新。

### 5.6.2 公司与农户之间的租金分配机制

"公司＋农户"中,公司与农户双方的机会主义是永恒的话题。尽管合作可以给公司与农户带来收益,但是,双方往往都有积极性采取机会主义的行为,从而弱化了双方的专用性资产的投入。在 Bridge 公司,主要面临的是农户的机会主义行为,即市场价格高的时候,出售给别人,而市场价格低的时候,又卖给公司。这也是许多"公司＋农户"失败的原因。

Bridge 公司应对农户机会主义的方法是,把公司基地建立在相对偏僻、不发达的山区,建立公司与农户的双向垄断关系。一般而言,越是封闭的地区,农户越是稳定。而在大片的蔬菜基地(如雷州半岛)或者在农业相对发达的茂名地区,农户对"公司＋农户"模式的需求降低。公司可以自由地采购,农户也可以在不同的客商之间选择出售,不存在相互套牢的问题,稳定的供应链关系一般难以建立,同时,竞争导致供应链内部租金趋于零。而在相对偏僻的地区,公司与农户双方构成了双向垄断关系,其中,由于同一基地的多个农户,以及其他基地农户的存在而存在一定的竞争性,公司的垄断性更强。有了这种垄断性作保障,公司才可以有积极性对农户进行投资。合作才能产生。

但是,这种选址偏僻的作法带来三个问题:

(1) 一旦当地的蔬菜生产发展起来,就可能有别的收购者介入,从而形成竞争收购的市场,从而破坏了"公司＋农户"的稳定性。

Bridge 公司一个经营了 20 多年的生产基地,由于农户技术水平提高了,种菜的面积越来越大,其他蔬菜收购者的介入而"衰败",迫使 Bridge 公司不断地开辟新的生产基地。Bridge 公司好像是一个播种者,做了很多政府要做的推广示范工作。

(2) 产品质量难以保障。

公司的经营策略是以质量取胜的,但是,由于需要把基地建立在偏僻落后的山区,或者不断地开辟新基地,属于非专业化蔬菜基地,种植者多为兼业性小农,老弱妇女占多数,文化素质相对较低,接受新技术的能力较低,技术水平难以提高。公司的技术优势在某种程度上是种子优势,而不是栽培优势。不能够形成标准化、规模化生产,因此,公司的质量优势主要是通过收购时的分级来体现。同时,种植的面积小,农户之间也比较分散。由于兼业性质,农户没有从中获得大量收入的预期,这反过来限制了优质劳动力的投入,也导致基地的供给能力与质量的不稳定。

（3）生产基地的分散和偏远，道路崎岖，导致了公司收购的物流成本极高，并且，不能够形成标准控制指标，使得基地的开支难以预测控制。

与之相对应的，现代高品质、无公害农业生产，无一例外地都是通过相对集中连片、基础设施较好、专业化规模化农户来完成的，生产规模越大，专用性资产越大，信誉的规模效益越强，质量控制上的机会主义行为越少。这是一个基本的规律。只有在这种条件下，人们的行为才可控制，技术才能积累，安全才有保障，水平才能提高。另外，有迹象显示，在 Bridge 公司的合同农户中，越是年轻的、种植面积大的农户，其生产的质量等级越高，农户和公司的效益都越好。

Bridge 公司的发展面临着内在的逻辑冲突，或者说在长期的迁徙中生存。显然如果政府介入，限制一个地区的收购者的数目，Bridge 公司的供应链可以稳定。但如果没有政府介入，Bridge 公司的一个可能出路是建立自己的品牌，建立高水平的均衡。

首先，必须要形成自己的品牌进入高端蔬菜市场。2007 年，Bridge 公司经营了数十年的连州老基地萎缩了。一个重要的原因就是基地没有升级，他们的市场与小贩的市场没有区分开。同样的品种，同样的价格，只有在销售市场上的垄断性，才可能给农户以稳定的价格。但是，一般蔬菜建立品牌比较难，因为外在的信息（如形状、颜色）比较对称，内在的信息（如安全品质）国内几乎没有要求。而且，要建立品牌认知，需要进入零售市场。如果在批发市场销售，好的产品只能服务于别人品牌。

但这并不是说在现有的"竞争性"蔬菜基地，不可能发展"公司＋农户"的模式。例如考虑到食品安全就需要维持"公司＋农户"的固定关系，在重复博弈中农药使用的控制应该更为有效。或者公司希望根据市场需要推广独特的技术和品种，一般性的蔬菜基地农户不能满足公司的要求，需要建立关系/地点专用性的关系（这个问题还需要进一步研究）。

一旦在销售上有了超额利润，就可以反过来在生产/收购环节，提供与其他收购商不同的合同条件，进而对农户生产经营行为和品质提出更高的要求，如要求合同农户的生产规模。只有规模上去了，品质才有保障，农户才可能更加专业，技术水平更高，并可以更稳定地提供产品，机会主义行为越少。尽管现有的"公司＋农户"模式比一般的市场采购的可控制程度高，但相对于更高水平的要求，还有一定的距离。如果 Bridge 公司希望进入出口市场，必须建立由大户组成的高标准农户作基础。虽然不可能一步到位，但应该是逐步努力的方向。

### 5.6.3 "公司＋农户"模式、农村社区的重建与政府的作用

从社会的角度看，如果 Bridge 公司成功了，也就是说与"市场"上的其他交易者形成了差别，那么留在市场上的大多数农户和公司怎么办？Bridge 公司的成功

似乎是以其他运销商和农户的相对低的收入为前提,它的模式似乎不具有推广意义。因此,对于政府而言,为了促进供应链的稳定与生产运销上的合作,在小农户的条件下,如果要使所有的农户组织起来,政府需要在特定区域限制购买商的数量,让农户与运销上建立稳定的关系,可能有利于效率的改进。由于合作可以产生租金,而合作的稳定性又来源于租金的分配。这里有一个"鸡生蛋、蛋生鸡"的矛盾。在公司与农户建立关系的初始阶段,公司还没有自己的品牌,不具有创造租金的能力时,要启动这种合作,某种程度的政府"嫁接/介绍"和一段时间的"双方垄断"(限制一个地区内的企业数目)对于建立稳定的关系可能是必须的。虽然存在双方某种垄断交易,这并不一定会导致农户"套牢"。农户可以通过退出相关产业而不一定是需要偏离到竞争者那里来促进供应链"主"改进效率。另一个方式是,农户组成合作社,进行合作运销,由合作社代理公司的收购分级,公司负责最后的质量抽查。这两个方面正是泰国的"公司+农户"模式的特征。

自从人民公社解体以来,农民各自经营自己的责任田,集体性的活动与聚会,农村社区相对衰落。Bridge公司将一大批农户联系起来,通过对共同问题的关注和相同的生产活动,对农户信誉的关注和社会网络的重建,在某种程度上,促进了乡村社区的恢复。这是一个值得进一步研究的问题。

需要说明的是,在我们的调研中,我们访谈的结构性不强,问题有一些随意性,并且,此章主要根据多次调查的印象写成,没有来得及把访谈的录音进行充分的整理。

# 基于 Bridge 公司的
# 可追踪系统软件

## 6.1 Bridge 公司基本情况介绍

### 6.1.1 公司业务流程分析

**1. 日常业务**

公司每天制定当天要收购蔬菜的收购价,然后通过电话联系的方式将收购价格传达给各生产基地的负责人,再由生产基地负责人通知给基地下面的收购点,收购点根据公司下达的价格收购农民生产的蔬菜。

收购点替公司收购当天的蔬菜,并记录各种蔬菜的生产农户和产品的各项基本信息。生产基地派货车去各收购点收货,并将各收购点的信息进行汇兑,并上报公司总部和批发中心。然后发货批发中心,由其完成销售和相关信息采集。

该公司的产品物流如图 6.1 所示。

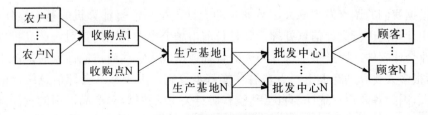

图 6.1 公司产品物流图

**2. 其他业务**

(1) 生产计划的制定与落实。

公司每年年初都要根据市场行情与气候情况制定当年的蔬菜生产计划,并将计划落实到各生产基地,再由各生产基地落实到各收购点,各收购点最后落实到各农户。

(2) 农业生产与包装物资的发放与销售。

公司为了保证农产品蔬菜的质量和安全,不仅指导农民进行农产品蔬菜的生产,而且规定农民必须统一使用公司购买的农药、种子、包装物等农业物资。公司统一购买农业物资,根据各基地的使用和需求情况分发到各个生产基地,各生产基地再根据下面收购点农民的使用情况分发到各收购点,最后由收购点代发到农民手中。

(3) 日常结算和年终结算。

日常结算:日常结算包括收购点的垫付款(各收购点代公司收购蔬菜的收购款是各收购点自己先垫付的)的结算和公司各部门的日常开支的结算。由于各收购点是代公司收购农产品蔬菜,收购的资金都是各收购点垫付的,所以每隔一段时间收购点都要向公司索要垫付款,这时公司就需要跟各片进行货款的结算;公司各部门每天都有因为业务需要发生的日常开支,这部分开支也需要不定期的结算。

年终结算:年底时公司要进行结算,计算公司一年来的利润以及销售情况。

## 6.1.2　Bridge 公司目前存在的问题

(1) 从业人员文化水平不高。

由于这些商户本身大多学历不高,很多只有小学甚至更低的学历。再加上大量任用从农村来的亲属,使得这个问题更加明显。如此一来即使这些商户聘请了专业的会计人员,这些经营者们也无法和会计人员做有效的沟通。

(2) 管理水平低下,经常出现财产数目不明确和货物丢失。

正因为没有专业的会计人员为这些商户提供基本的会计信息,使得他们在对财产只能进行模糊管理。通过经验估算只要是大致差不多就行。因此经常出现内部职工侵占商户的财产等现象,而这种现象只要金额不大一般经营者是采取睁一眼闭一眼的态度,就算想管也很难查明。只有出现金额比较大的侵占行为时才会让相关人员曝光。

(3) 财务信息主要靠手工方式采集,准确性不高,效率低下。

根据我们的调查发现绝大多数商户的会计人员只懂得计算机的基本操作,无法运用计算机进行会计信息处理。并且目前市场上也没有专门针对农产品批发商的专业会计软件。因此手工统计当天的各种数据成为这些商户们回家后最沉重的工作,很多人要算到晚上十二点左右才能基本算完。由于基本会计信息统计的工作量大,因此各商户只统计与自己利益有切身关系的数据,对产品进销的食品安全相关不予理睬,使得出现食品安全问题时很难进行追踪。

## 6.2　软件设计方案

（1）对原有的业务流程进行合理的重组。

要使这套软件使用简单，能收集与食品安全相关的信息并能被推广，必须用系统工程的思想结合食品安全可追踪信息标准以及财务思想对原有的手工操作流程进行重新设计。一方面要分析这些商户现有的操作动作，及管理需求进行流程重组；另一方面选取适当的环节进行食品安全数据的采集。

（2）设计能被相关职工理解的财务概念和输入界面。

尽量将财务处理后台化，使软件界面和他们日常工作所接触的单据基本保持一致。这部分的研究我们会对各商户日常工作中经常用到最朴素的财务观念进行总结，将它们与常规的财务概念相关联。让前台出现的财务名词是用户所熟悉的，而后台的记录则是按规范的财务账簿体系进行处理。在查询等输出上也尽量按商户们所熟悉的方式来进行。在输入界面设计上，应当将通过业务流程重组所重新设计的各种单据直接做成界面，这样可以让商户们能更容易地学习软件的操作。这需要分析商户的信息需求并进行整理归类，在不同的环节以不同的格式进行采集。

（3）选取与食品安全有关的信息，并采用适当的方式进行采集。

我们将先了解广东省食品安全可追踪信息的需求，然后对不同的信息在商户运作中产生的环节进行分析。在不增加工作量和不降低商户工作效率的前提下进行相关采集。采集方式可以是由商户直接录入，也可以通过扫描工具进行采集。

（4）设计有特色的物流管理系统。

物流系统一方面可以让商户了解货源和存货情况，另一方面可以完整记录货物流转信息，保证财产的完整和安全。为商户加强内部控制提供信息。这需要对物流的全过程进行分析。

## 6.3　Bridge 公司可追踪软件体系的构建

### 6.3.1　系统分析

#### 1. 企业信息流通现状分析

在未使用软件之前，这个结构很松散的企业采用的是一种比较传统的信息传递方式。比较现代化的方式就是通过电话来传递信息，更多的是管理者深入到现场去了解情况。如老板就经常驱车五个多小时亲自到远离深圳的茂名、雷州等地去了解情况和指导生产。这种方式虽然很直接,但面临的问题就是成本很高,而且缺乏实时性,非常不方便。在信息技术高度发展的今天,这些问题也已经不是问题。信息网络的建立将为公司的管理带来相当大的便利,公司目前对信息化的兴趣也正来源于此。我们可以用图形来将两种方式做一次对比,见图6.2与图6.3。

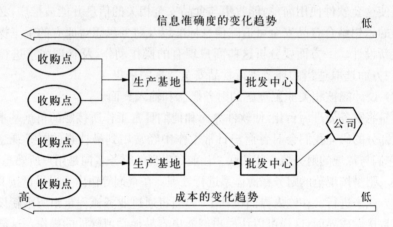

图 6.2 Bridge 公司传统信息传递模拟图

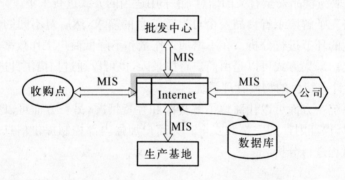

图 6.3 Bridge 公司网络环境下信息传递模拟图

从图中我们不难看出第一种方式中信息的流动是一种单向流动,逐层削弱的;而第二种方式则是一种双向的星形的信息流动结构,所有的信息通过中间数据库系统的中转到达不同的用户,一切信息都几乎是实时的。在信息化的前提下,管理者几乎可以做到真正的运筹帷幄。

**2. 系统框架设计**

公司的四个结构虽然在功能上有很多不同之处,但基本上都是有四大功能模块组成。即基本信息管理模块、日常业务模块、财务模块、查询分析模块。根据这些也就是把系统分成四个子系统，如图 6.4 所示。

图 6.4　Bridge 公司管理信息系统的结构图

（1）基本信息管理子系统。

该子系统主要功能是对系统设计的一些基础信息进行维护，包括对产品信息、物资信息和农户信息等的添加、删除、修改操作。另外系统用户信息管理、数据库维护以及系统信息的导入导出也在这里实现。可以说该子系统在功能上基本可以说是系统的一个后台。

（2）日常业务子系统。

这个子系统基本上包含了公司所有的日常业务操作，所以是用户接触最多的部分。但对于不同的机构其功能上又略有不同。对于片，日常业务主要有产品收购、发货、物资领用、物资发售和盘存等；对于批发中心，日常业务则集中在销售上，入库过程已经由系统的后台自动完成，只有在特殊情况下使用。对于基地和公司，因为他们属于公司的管理层，所以日常业务功能被淡化，主要是涉及物资的操作。

（3）财务子系统。

作为公司和片这样的独立的核算实体，财务系统对于他们是必不可少的。对于片来说财务过程不是很复杂，主要是和公司间的代理费结算和与农户间的货款结算，稍显麻烦的就是涉及物资的代销。片接收到物资并不马上付现，因为是代销，所以物资真正的销库是在物资被卖给农户之后（所有权真正的转移），且片并不把物资销售款上缴公司而是冲减货款。农户也是同样的过程。对于公司来说，财务相对繁琐一些，因为它的财务涉及的对象不仅是片，还有基地和公司。在这套系统中，财务子系统是一个核心的子系统。

（4）决策支持子系统。

这个子系统提供了大量的查询和统计功能，为公司的决策提供依据。这个子系统是建立在前几个系统信息的完备上的，可以说是一个信息分析和处理站。在这个子系统中我们的目标就是用户可以得到他所有需要了解的信息。

这个系统的另一个特点就是它的信息流动比较特殊，实质上公司的业务流是一个物流和信息流的统一体，是一个双向循环的流动过程。为了把这个过程更加清晰的描述出来，我们可以参照图 6.5 所示的系统的数据流图。

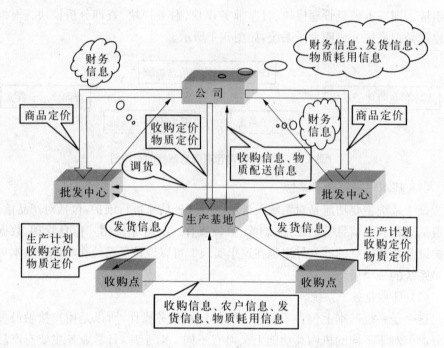

图 6.5　Bridge 公司管理信息系统数据流图

## 6.3.2　财务及物流系统实现

### 1. 数据库设计

数据库的设计通常是在模块和代码的设计之前,但笔者认为数据库的设计常常不是一劳永逸的事情。因为在开发一个相对比较复杂的系统之前,很多东西不可能考虑的很完善,很多认识也是在开发中体会到的。这对系统分析员的要求很高,也只有具备多年实际开发经验的系统分析员可以做到数据库的一次成型。这个系统的数据库是在开发的过程中趋以完善的,中间经历了很多次调整。下面是我们关于数据库的一个相对完善的设计:

(1) 数据库逻辑结构。

如图 6.6 所示,该图基本上概括了数据库之间的逻辑结构,但为了避免图形过于冗繁,将一些逻辑结构不是很强的关联略去了,在后面讲述模块间的逻辑关联时将会详细说明。

(2) 数据库物理设计(表、视图汇总)。

空缺位置表示无要求,主键在"约束"栏注明。部分主要表格说明如表 6.1、表 6.2、表 6.3、表 6.4、表 6.5、表 6.6 所示。

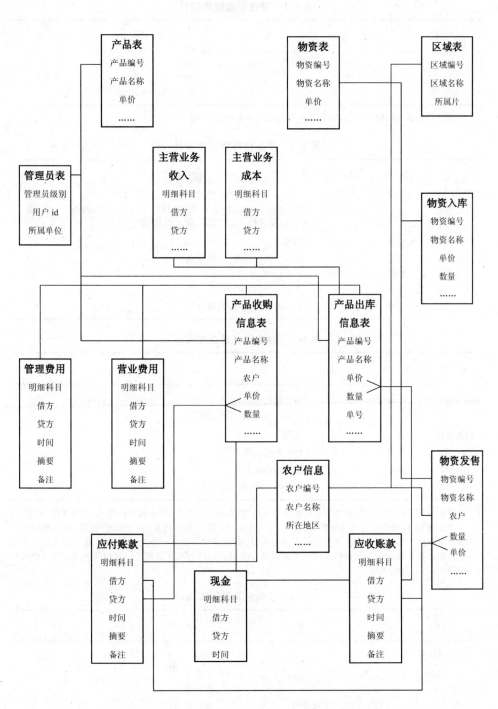

图 6.6　Bridge 公司管理信息系统数据库表逻辑结构图

**表 6.1　管理员数据库设计**

| 字　段 | 类　型 | 长　度 | 说　明 | 约　束 |
|---|---|---|---|---|
| 用户名 | 文本 | 250 | 名称 | |
| 密　码 | 文本 | 250 | 密码 | |
| 权　限 | 文本 | 250 | 级别(管理员、操作员) | |

注：管理员具备系统的所有权限,操作员仅具备日常业务操作功能。

**表 6.2　产品信息数据库设计**

| 字　段 | 类　型 | 长　度 | 说　明 | 约　束 |
|---|---|---|---|---|
| 产品编号 | 文本 | 250 | 五位编码(一、二位表示产地编号;三、四位为品种编号;第五位表示产品等级。如 KK021) | 主键 |
| 产品名称 | 文本 | 250 | 名称 | |
| 收购价 | 货币 | | 对农户的收购价(经常变动) | |
| 大小换算 | 数字 | 单精度 | 包装标准 | |
| 产　地 | 文本 | 250 | 产地 | |
| 代理费 | 货币 | | 公司给片的代理费(按斤) | |

**表 6.3　物资信息数据库设计**

| 字　段 | 类　型 | 长　度 | 说　明 | 约　束 |
|---|---|---|---|---|
| 物资编号 | 文本 | 250 | 四位编码(第一位大写字母表示物资性质,如农药为 N 开头,后三位普通编号) | 主键 |
| 物资名称 | 文本 | 250 | 名称 | |
| 进　价 | 货币 | | 物资的买入价 | |
| 出　价 | 货币 | | 物资的售出价 | |
| 性　质 | 文本 | 250 | 是否可重用(限于包装物) | |

注：针对物资种类的差异将物资分为生产物资和流通物资,前者如化肥、种子和农药等;后者如纸箱、篮子、绳子和胶框等,根据性质这些流通物资又被分为可重用(如胶筐)和不可重用(如纸箱)两类,要区别开来的原因是不可重用的物资随发货过程记入费用科目,而可重用的则在一个生产周期结束一次性记入费用中。另外这个表有一个比较特殊的地方就是既有进价,又有出价,这是基于一种特殊的考虑涉及财务控制问题,下文会有详述。

**表 6.4　收购记录数据库设计**

| 字　段 | 类　型 | 长　度 | 说　明 | 约　束 |
|---|---|---|---|---|
| 产品编号 | 文本 | 250 | 编号 | 主键 |
| 产品名称 | 文本 | 250 | 名称 | |
| 单　价 | 货币 | | 收购价 | |
| 数　量 | 数字 | 单精度型 | 按斤计算 | |
| 农户编号 | 文本 | 250 | 交货农户编号 | |

| 字　段 | 类　型 | 长　度 | 说　明 | 约　束 |
|---|---|---|---|---|
| 片　名 | 文本 | 250 | 收购点名称（基地用于区别） | |
| 单　号 | 文本 | 250 | 收购单号（便于查询） | |
| 时　间 | 日期型 | | 时间 | |

**表 6.5　发货记录数据库设计**

| 字　段 | 类　型 | 长　度 | 说　明 | 约　束 |
|---|---|---|---|---|
| 产品编号 | 文本 | 250 | 编号 | 主键 |
| 产品名称 | 文本 | 250 | 名称 | |
| 单　价 | 货币 | | 收购价 | |
| 件　数 | 数字 | 单精度型 | 按大包装计算（如 25 公斤一件） | |
| 散斤数 | 数字 | 单精度型 | 按斤计算（针对无大包装和不足一件的情况） | |
| 车牌号 | 文本 | 250 | 用于计算运费 | |
| 产　地 | 文本 | 250 | 片名称（基地用于区别） | |
| 批发中心 | 文本 | 250 | 收货方 | |
| 单　号 | 文本 | 250 | 发货单号（便于查询） | |
| 时　间 | 日期型 | | 时间 | |

**表 6.6　应收账款数据库设计**

| 字　段 | 类　型 | 长　度 | 说　明 | 约　束 |
|---|---|---|---|---|
| 时　间 | 日期型 | 250 | 时间 | |
| 摘　要 | 备注型 | | 摘要 | |
| 明细科目 | 文本 | 250 | 发生对象 | |
| 借　方 | 货币 | | 借方金额 | |
| 贷　方 | 货币 | | 贷方金额 | |
| 备　注 | 备注型 | | 备注 | |

注：其余财务表格式与上表基本一致，只是在写数据时差别才体现出来。记账方法基本按照会计的复式记账准则。

### 2. 用户界面设计

（1）主界面。

对于无电脑基础的用户来说，简单、明了的界面风格无疑是最佳的选择。为了适应用户的特点，我们抛弃了 VB 中比较流行的 MDI 式菜单界面，采用了通俗易懂的图标式界面。如图 6.7 所示为基地的主界面。

从图中可以看出，没有什么繁复的菜单和工具条，很简单一个图标式界面。所

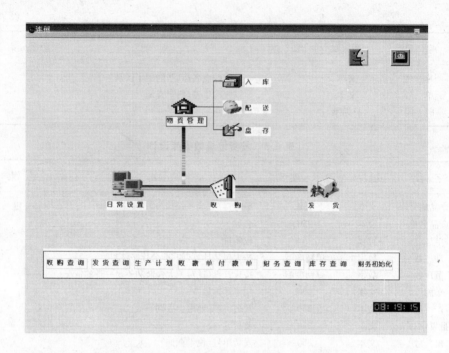

连锁

物资管理　入　库　配　送　盘　存

日常设置　　采　购　　发　货

采购查询　发货查询　生产计划　收款单　付款单　财务查询　库存查询　财务初始化

08:19:15

图 6.7　Bridge 公司管理信息系统主界面(基地)

登　录

身　份：
用户名：管理员　操作员
密　码：

登　录　　退　出

图 6.8　Bridge 公司管理信息
系统登录界面

有的功能在主界面上一目了然。登录界面仍然采取传统式的对话框模式,分两级权限,为了减少用户的输入,用户名是从数据库中读取的,供用户去选择。但这是在牺牲系统安全性的前提下(降低了 50%),考虑到系统对安全性要求不是特别严格还是采用了选单式用户。界面如图 6.8 所示。

(2) 日常业务操作窗体。

对于日常业务操作窗体,如入库、出库等统一为一种样式的界面。增加一个结果显示栏,用户可以对结果进行核对后再选择入库。图 6.9 所示是部门这类界面。

这类界面在操作上进行了很多的优化,使用起来非常方便。基本上没有需要输入汉字的地方,多是以选单的方式出现。在这些日常业务操作中,文本框的切换全部可以通过 Enter 键来实现。也就是说整个操作可以脱离鼠标,只用键盘就可以完成。一个对业务不是很熟悉的操作者在一分钟内可以输入 20 条记录。和手工记录相比效率提高了 4~5 倍。

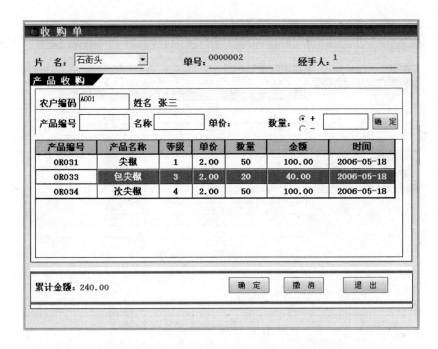

图 6.9　Bridge 公司管理信息系统收购单及发货单界面

（3）系统信息管理界面。

为了管理的便利，所有的相关操作都被集成在一个界面中。系统的这部分基本是每天登录系统之后的第一项工作，集中一些就显得方便一些。点击左边的蓝色框即展开相应的功能界面，前面三个都是关于基本信息维护的，风格一致。系统基本信息维护包含的功能较多，主要是设定系统环境。如图 6.10 所示为该界面截图。

该部分包括了数据的传递、数据库操作、系统用户管理等。但可以看出每个功能只有一个按钮，按钮连接到另外一个界面。所以这样做是为了保证界面的简捷性，减少菜单项。

整个界面设计贯彻的一个思想就是方便、实用，不去追求华丽的外表。为了达到这个效果，界面的设计经历了好几次大的改动。但目前的界面的布局是否合理尚需在用户的使用中去检验。界面设计其实是在研究人的行为，如何让系统去符合人的行为习惯。做到这一点是很难的。

**3. 系统功能模块设计**

整个系统可分成四个大功能的模块：基本信息管理模块；日常业务模块；财务模块；查询分析模块。每个模块中有若干小的模块。图 6.11 是一张详细的系统功

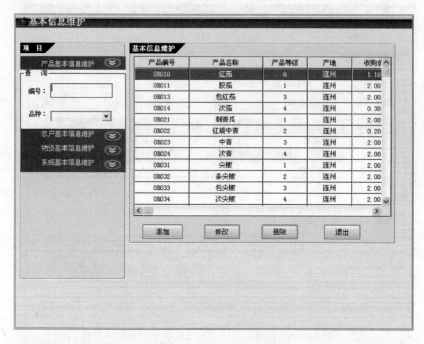

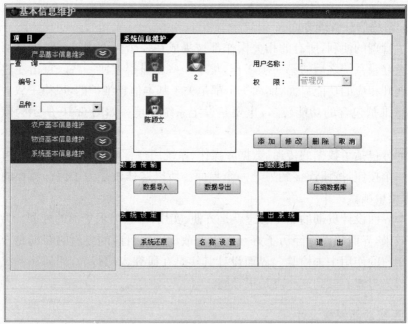

图 6.10 Bridge 公司管理信息系统基本信息管理界面

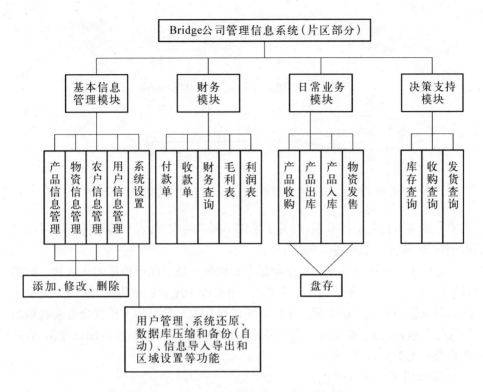

图 6.11　Bridge 公司管理信息系统功能模块图

能模块结构图(以片区为例)。

下面我们将逐一加以说明:

(1) 数据库连接模块。

我们的数据库连接采用的是 ADO 无控件代码连接方式,数据引擎为 Microsoft Jet OLEDB 4.0。

(2) 基本信息管理模块。

包括产品信息维护、物资信息维护、农户信息维护和系统系统设置:

1) 产品信息维护、物资信息维护、农户信息维护。

把这几个部分放在一起主要是因为他们的功能大致相同,但产品信息和物资信息在操作权限上是有差别的,这两部分信息是公司制定的,通过数据的导入进入基地和片的系统。为了保证数据的一致性,只有公司具备添加和删除的权限,基地和片仅具备修改的权限。如需新增产品或大量的价格修改将由公司完成,然后下发至基地和片。基地和片仅在特殊情况下才可以报公司批准修改产品表和物资表。整个权限设置如图 6.12 所示。

农户信息是为便于片管理之用,片拥有所有的权限。为了基地的统一管理,片

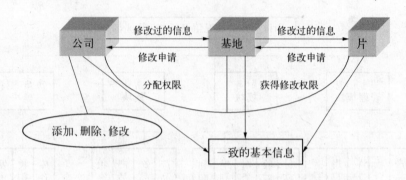

图 6.12　Bridge 公司管理信息系统基本信息管理权限分配示意图

会将农户的基本信息上报基地，但为了区别不同片的农户，农户编号的首字母由片的编码代替，保证了农户编号的唯一性。

　　在这个模块中体现的一个思想就是在非网络环境下保证数据的一致性。因为条件限制，整套系统并不公用一个数据库，而是四个独立的数据库，这一点就决定了在数据交换中多了一层干预。不同系统的操作者对数据的干预就会带来数据的不一致性的威胁，为了避免这一点就必须在数据操作的权限上严格加以控制，后面模块也会有类似的情况。

　　2) 系统设置。

　　该部分包含系统用户管理、数据库压缩和备份、信息导入和导出、系统还原和系统初始化等功能。这些功能等于系统的运行环境，所以归为系统设置。在用户管理上，将系统用户归为了两种权限，即管理员和操作员，差别在于管理员拥有全部的操作权限，而操作员只具备日常业务操作和部分查询功能(不含财务查询)。

　　考虑到操作者电脑知识的缺乏，我们把数据库备份做成了自动备份的形式，即在系统的使用中自动将数据库备份。数据库还原则是在备份的前提下，将系统还原至各个还原点上，还原点以天计算(每天最后一次操作的状态)。当天可以还原至前一次操作的状态，充分地保障了系统的稳定性。与 Windows 系统还原的差别在于，Windows 系统的还原点不宜过密，因为它是在占用大量系统资源的前提下完成的(全面监视)；而我们的系统还原仅仅是一种 COPY，还原点可以随意设定，不会占用系统的太多资源。

　　信息的导入和导出功能可以说系统的两个窗口，在这里片可以完成与基地和公司的数据交换。实质上也是一种对数据库的操作。原理很简单，就是在输出端将数据库中的相关数据提取出来，形成新的数据库格式的文件，接收端得到文件后利用导入功能将数据并入自己的数据库。可以说是对共享数据库的一种模拟。图6.13 所示是一个数据导入的截图。

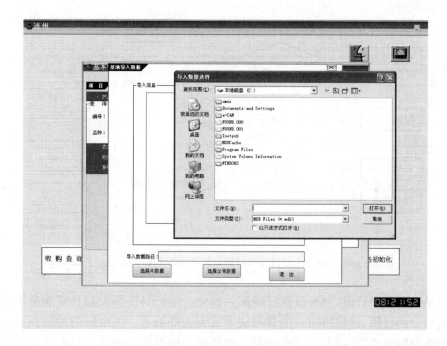

图 6.13　Bridge 公司管理信息系统数据导出界面

　　系统的初始化也是一个完备的系统不可或缺的,本系统的初始化重点是财务的初始化。主要项目有现金、应收账款、应付账款和费用等明细科目的初始化,作为系统的期初数据。这一部分关乎系统能否与现实的各个结构成功对接。因为像片这类收购点,基本是没有专业财务人员,这部分对操作者要求相对比较高。我们在初始化中设置了很多控制,可以避免和恢复错误操作的影响。例如如果一个明细已经初始化,当操作人员再次初始化时,系统会提示上次设置的金额。

　　(3)日常业务处理模块。

　　这一部分基本上可以说是系统核心部分,用户使用最多的就是这一部分。实际上功能最集中的也是这一部分,因为我们的系统包含了财务,而操作人员目前还没有能力来处理这些财务账目。针对这种现状我们将伴随业务产生的财务处理转入了后台,操作者基本不需要关心这些。日常业务的处理和财务处理的混合使得系统的实现相对复杂一些。下面我们逐项地加以分解。

　　1)产品收购。

　　考虑到片现有的操作模式,我们将产品的收购和财务上的支付进程集成在一个界面上。因为片在收购过程中多数为赊欠的形式,但也有马上要求兑现或者要求结账的农户。为了操作的便利,将这两个功能放在一起,在收购时也可以自动完成结账功能。该模块的后台处理过程如图 6.14 所示。

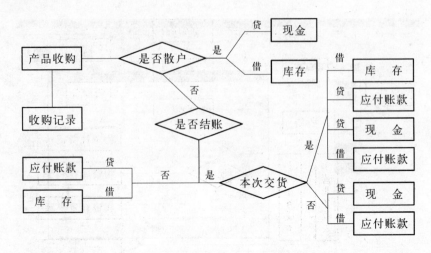

图 6.14　Bridge 公司管理信息系统产品收购数据处理示意图

　　从该图不难看出,财务过程已经被后台化。用户只需要关心日常业务不需要关心后台的过程,这使得用户的学习成本就大大降低了。图中所谓的散户就是公司的非合同农户,公司在产品收购时一般仅收合同农户的产品。但在货源紧缺的情况下也会考虑对外收购一部分,对这部分散户的做法就是现收现付。对于合同农户来说,其产品按合同只能提供给公司,账款的结算也采取随意式,农户在签订合同交货后的任何时候都可以要求结算。

　　2) 发货。

　　发货是一个相对比较复杂的过程,因为它不仅涉及产品还涉及物资。按照公司以前的做法,在填写发货单时会将本次发货所耗费的物资(包装物)也写在上面,因为这便于公司控制物资的使用。本来这两个过程可以分离,即先发货再到物资发售界面销部分物资库存。但考虑到这两个过程的连贯性和用户的操作习惯,笔者将这两个过程集成到了一起,如上面所看到的发货单界面,既有产品的输入又有物资的输入。该模块的数据处理流程图如图 6.15 所示。

　　发货记录其实是一个很重要的表,它包含了很多信息。如产品基本信息、产地、等级、数量、金额、车辆以及收货方等信息。公司的四个机构都将拥有这张表,仅是功用不同。对于片和基地,仅起查询作用;对于中心,它的销售全靠这张表;对于公司,它是一个重要的财务控制依据,另外运费的结算也靠这张表。食品安全的可追踪信息和物流信息都被集成在这个表中,由收购片区采集。

　　3) 物资入库、物资发售。

　　这个模块功能有四个操作,就是写入库记录、增加库存、发货和查询。用户不需要知道财务数据记录,只要将经手的物资处理情况输入,所有的财务处理都在后

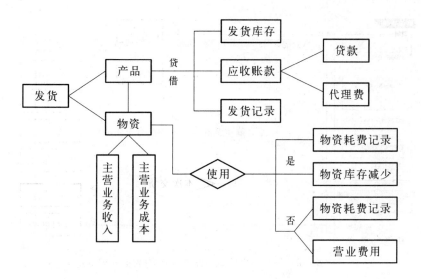

图 6.15　Bridge 公司管理信息系统发货数据处理示意图

台完成。

（4）财务模块。

主要包括收款单、付款单；财务查询和毛利表、利润表：

1）收款单、付款单。

这两张财务单只是提供一种结算的功能，都涉及现金的支付。对于片，收款单主要是收公司的货款或者农户的物资欠款；付款单主要是支付农户的货款、支付水电杂费、支付员工的工资及其他一些开支。其中支付农户货款在收购单已经集成了，这里主要是为了应对集中支付的方便。格式都比较简单，不懂财务的人也能很快学会使用。因为很多涉及冲账，这两张单据都增加了余额提示功能，如当片输入一个农户的姓名时，马上会显示该农户的账户余额，如需查明细账只需点击一下该余额，就会打开该农户的历史明细账。支付完毕也会自动提示余额，摘要也由系统自动生成，减轻了操作者的输入负担。所以这种设计基本是基于一种人性化的设计，一切为了方便用户，减轻他们的学习成本。

2）财务查询。

这个模块提供了所有财务科目的查询，结合片目前的财务现状，系统主要只涉及了应收账款、应付账款、主营业务收入、主营业务支出、营业费用、管理费用和现金一级科目。其中应收账款针对公司，应付账款主要农户。明细科目级数不限，用户可以在限定的时间内查询各科目的汇总和明细。图 6.16 所示是一张界面截图。

图中先选择一级科目，查出该科目下各明细科目的汇总。点击中间显示栏中

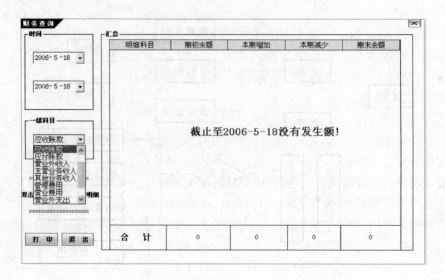

图 6.16 Bridge 公司管理信息系统财务查询界面

的相应行就打开该明细科目的下一级明细科目。该查询主要是一种界面设计,中间无复杂的过程,重点是 SQL 语句中的聚集函数的操作。明细科目的查询用到了 GROUP BY 分组查询。

3) 毛利表、利润表。

因为将片当成了独立的核算单位,所以拥有独立的毛利表和利润表。而基地属于公司的一部分,所以基地的系统上没有这两块。片的毛利和利润其实都比较简单,毛利的计算公式为:

$$主营业务收入-主营业务成本=毛利润$$

其实毛利也就是代理费的总和;利润的计算公式相对复杂一些:

$$主营业务收入-主营业务成本=营业利润$$

$$营业利润+其他业务收入-其他业务支出-营业费用-管理费用=利润$$

这里设置了一个其他业务收入和其他业务支出科目,不过这是为将来系统的升级考虑的。片目前是用不上的,但作为系统的完整性我们把这一块考虑进来了。片的利润核算无非是代理费减去费用,这样公司财务就更加规范和完整一些。

(5)决策支持模块。

主要包括销售价格变动分析模块、收购查询模块和发货查询模块:

1) 销售价格变动分析模块。

这个模块是对公司历史的销售价格进行线性回归分析,并以图表示结果。目前 Bridge 公司在进行销售定价时，是通过老板亲自在销售柜台观察进行。在只有一个销售柜台的情况下，这种做法是可行的。但根据 Bridge 公司的规划，近两年要在不同的城市增加 2～3 个销售点。在无法同时亲身观察柜台的销售情况下，这样通过分析不同时间的历史价格辅助定价决策就成为 Bridge 公司在定价时的一种迫切需求。

2）收购查询。

收购查询对于片来说重点在于查询，而对基地来说重点应该是它的统计功能。片的收购查询可以按照农户查询，也可以按照产品品种查询。片查询的目的主要是监督农户的交货情况，因为农户的交货情况关系到片的代理费收入，所以片需要掌握农户的交货情况，督促农户按时交货。基地的查询有按片查询、按产品查询和按农户查询，基地每天需要统计出各个片的交货情况和各品种的收购数量，然后根据当天批发中心的销售情况来调节下一天的收购量。片的收购其实是和批发中心的收购情况紧密相关的，基地需要根据市场行情来调节片的收购情况，所以这个模块对于他们的意义是很大的。图 6.17 所示是其功能示意图。

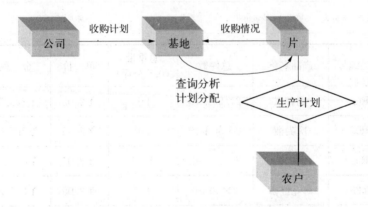

图 6.17　Bridge 公司管理信息系统收购计划流转图

3）发货查询。

对于片和基地该功能不是很重要，对于公司的结算很重要。对于片查询设计为按照单号查询和按照时间查询，实现很简单，就是对出库记录的操作。

**4. 系统输入、输出设计**

由于对于电脑初学者来说输入汉字是一个很令人头疼的问题，所以我们在系统的输入设计时就尽量减少了这类输入。主要是通过三种方式来实现的：

（1）大量采用选单的形式，即 COMBO、DATACOMBO、DTPICKER 和 LISTVIEW 等控件的使用。在数据量少可以采用选择输入的地方都尽量用下拉框。

（2）通过编码方式减少汉字的输入，对产品、物资及农户的信息我们都采用了一定的编码规则将他们全部编码。这样用户就可以通过简单的编码来完成输入，其中编码规则都是按照他们现有的规则加以规范而成的，所以记忆不是问题。

（3）通过取得汉字的首字母，在输入字母时自动查找匹配的汉字信息，快速缩小范围，相当是一种选择的变形。原理和智能 ABC 一样，但在特殊应用中比智能 ABC 更快捷。

在系统输出上，我们的设计原则是每一个有信息的地方都应该有输出。为此我们制作了大量的报表，实现手段也不尽相同，PRINTER 方法、调用 MS-Word 或 MS-Excel、Printform 和 DataReport 报表都用到。主要根据信息的特点来设计的，图 6.18 所示是一种报表打印预览截图。

### 发 货 单

供货方：石街头　　收货方：Bridge 中心　　单号：4　　　　　　车牌号：78657

| 产品编号 | 产品名称 | 总件数 | 总重量<br>（0.5公斤） | 单　价 | 金　额 |
|---|---|---|---|---|---|
| 0R021 | 刺青瓜 | 2×50＋10 | 110 | ￥2.05 | ￥225.50 |
| 0R034 | 次尖椒 | 2×50＋10 | 110 | ￥2.05 | ￥225.50 |
| 0R034 | 次尖椒 | 20×50＋2 | 1002 | ￥2.05 | ￥2054.1 |
| 0R231 | 海花红椒 | 2×50＋0 | 100 | ￥2.05 | ￥205.00 |
| 0R134 | 次大红尖椒 | 2×50＋0 | 100 | ￥2.10 | ￥205.00 |
| 0R071 | 节　瓜 | 2×50＋0 | 100 | ￥2.05 | ￥205.00 |

经手人　　　　　　　　　　　　　　　　总金额　　￥3120.10

图 6.18　Bridge 公司管理信息系统报表打印预览截图

VB 本身就是一种面向对象的开发工具，我们在写代码时也比较充分地贯彻了目前比较流行的模块化和面向对象的设计思想。系统开发时其实有很多重复的功能，为减少重复劳动我们将重复率较高的部分写成公共函数的形式放入 Module 中，需要时就可以直接调用。在各个窗体中也加入了很多函数和功能性过程。通过这些就大大减少了编程量，提高了编程效率。

### 6.3.3　食品安全可追踪信息系统的实现

目前公司的原始的追踪方法就是通过发货时加上生产日期、产地、等级和质检说明等信息的标签,但这决不是严格意义的追踪。首先它的精确度太低,无法精确到农户或者田块;另外它的信息的提取十分不方便且不能实现双向的追踪。

**1. Bridge 公司食品安全控制和追踪方案**

Bridge 公司采用的是目前国内比较少见的"公司+农户"的经营模式,这种模式也为我们系统的追踪的实现提供了便利。这种生产模式其实就是一种比较集中的生产模式了,与国外一些大农场的经营模式不同的是 Bridge 公司的农户不是它的雇员,农户只是与公司签订了一种生产合作合同,由公司统一控制和管理。这种相对集中的生产更利于食品安全的追踪。针对公司的生产结构和特点我们设计了一套食品安全控制和追踪的方案,如图 6.19 所示。

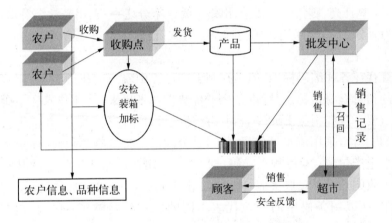

图 6.19　Bridge 公司食品安全追踪流程图

图中的核心部分就是条码,它包含了追踪要用到的全部信息。但它的形成并不是一次性的,是随着物流的过程逐渐丰富的,所以可以说条码是整个物流过程的信息浓缩。其实追踪无非就是追踪物流的过程,使得每一个环节都在控制之中。针对这个过程就是实现通过条码顾客可以知道自己的货物从那里来,是否符合安全标准。而公司可以知道自己货物的去向,一旦有安全隐患可以立即召回。其中安全问题会受到相关政府部门的严密监控,使得食品更加地规范化和透明化。

**2. 标签的设计**

在我们设计标志之前,Bridge 公司已经有自己的身份和质量识别方式。例如,采用不同的包装物,如箩筐、胶箱、纸盒、麻袋等来区别不同的产品,另外还可以选择不同颜色的绳子,以及绳子的不同打结方式,分别代表不同基地的产品。每个包装物上都有一个简易的纸质标签,比如"华 A 选条","华"是某一基地主管名字的缩写,"A"代表产品的等级。但是,这种简单的标志方式有诸多缺点,首先没有一个相同的标准,不同地方的等级"A"代表着不同的质量;其次,虽然通过已有身份识别方式可以对应不同的生产基地,但是很难认定到具体的农户。

为此,我们标签设计选择条码的方式,条码是目前应用比较成熟的一种自动识别技术,具有以下特点:

(1) 简单,条码符号制作容易,扫描操作简单易行。

(2) 信息采集速度快,普通计算机的键盘录入速度是 200 字符/分,而利用条码扫描录入信息的速度是键盘录入的 20 倍。

(3) 信息采集量大,利用条码扫描,一次可采集几十位字符的信息,而且可以通过选择不同码制的条码增加字符密度,使录入的信息量成倍增长。

(4) 可靠性高,键盘录入数据,出错率为三千分之一;利用光学字符识别技术,出错率为万分之一;而采用条码扫描录入方式,误码率仅有几百万分之一,首读率可达 98% 以上。

尽管存在各种编码标准,但是控制生产过程中农户的机会主义行为,条码中最重要的信息是身份标志,标准条码的优势发挥不出来,因此技术和条码的标准化并不重要。我们根据 Bridge 公司实际情况设计了条码,共有 23 位信息:① 产品批号,共 6 位,采用流水号编码,批号是分配给一批货物的代码,该批货物在相似条件下生产包装;② 收购点代码,共 2 位,公司在广东各地的生产基地下面共有几十个收购点;③ 农户代码,共 3 位,由于每个收购点负责的区域不大,农户数量有限,所以用条码中的 3 位代表不同的农户就足够了;④ 农田代码,共 1位,主要出于对同一农户的不同田块进行追踪的考虑;⑤ 生产日期,共 6 位,同一农户不同时间的产品可能质量不同,因此时间信息非常重要;⑥ 产品名称,共 2 位,公司主要经营西葫芦、芥菜等十几个蔬菜品种;⑦ 产品等级,共 1 位,我们的实际调查发现,公司的产品最多分四个等级;⑧ 车次,共 2 位,每天从同一收购点收货运往批发市场的车辆有限,因此从条码中拿出 2 位代表不同的车次,当基地集中收购点的产品,并发车送货至批发市场的过程中生成并添加到条码中。具体情况如表 6.7 所示。

表 6.7　条码信息表

| 代码内容 | 产品批号 | 收购点代码 | 农户代码 | 农田代码 | 生产日期 | 品　名 | 等　级 | 车　次 |
| --- | --- | --- | --- | --- | --- | --- | --- | --- |
| 位　数 | 6 | 2 | 3 | 1 | 6 | 2 | 1 | 2 |

产品名称、等级、重量、包装日期、产地等可以文字方式表示，如图 6.20 所示。

图 6.20 Bridge 公司片使用的条码

### 3. 标签的使用流程

在农户向收购点交货的时候生成条码(不包括车次)信息。装箱时尽可能合并同一批号的产品，但是因为 Bridge 公司的产品是标准化装箱(如一个纸箱的西葫芦就是 50 斤左右)，而农户每次交货的数量是不固定的，因此一箱货可能有多个农户的产品，对于不同批号产品先进行抽查再合并装箱，多个农户的就贴多个标签，然后经过条码加工生成混合编码。

当生产基地集中产品送往批发中心的时候，加入车次的信息，此时条码信息已经完整。在批发中心销售时，考虑到批发中心的付款处和取货的汽车不在同一地点，需要借助 PDA(Personal Digital Assistant)技术来实现。在销售的时候将客户的信息与条码信息整合之后存入数据库备查。

当顾客发现质量问题查找回来时，对同一条码(相同的产品批号、农户代码、生产日期等)的产品进行处理，确定其他同批产品的去向，并实施召回。同时通过条码确定其产地，根据基地的生产档案记录，查找产生问题的原因。

### 4. 标签存在的问题

首先，目前标签可以实现的是追溯的功能，跟踪功能的实现在技术上还有难度，特别是当产品包装被分拆或混合比较多的时候，条码的信息就变得很复杂。

其次，企业基本上不用条码进行财务结算、物流管理和客户购货记录管理，因此企业使用条码标签的积极性不大。

另外，条码带来的软件成本(隐性知识、专业知识的学习)和硬件成本(条码打印机、条码采集器、管理信息系统)也成为使用条码的障碍。

# 6.4 系统设计的问题及经验

Bridge公司的可追踪系统软件的设计历时两年,在这期间得到Bridge公司的全力配合。软件设计小组多次前往深圳进行实地考察,每次考察时间少则三五天多则两三周。Bridge公司陈先生父子全程陪同,与软件设计人员多次到批发市场和生产基地对公司运作的每一个环节都进行了细致的现场讲解。部分生产基地的主管和片头也介入到软件的设计中,提出了许多改良建议。到后来软件设计组的成员感到已经成为公司的一分子,对公司的运作全过程非常熟悉。如果需要,可以马上替代公司的现有工作人员投入工作。在设计过程中,为了能减少公司现有工作人员的学习成本。设计小组对公司不同岗位工作人员所需的知识进行分析和分解,尽量让他们运用现有知识就能完成日常工作。我们将财务核算的全过程后台化,工作人员只要按设计的程序输入所经办事情的相关信息,软件在后台自动进行会计核算、记账和编制报表。同时对公司的内部物流管理进行了业务重组,根据公司农药、化肥和包装物的管理特点设计了一套有特色的物资管理系统。并将物资管理、食品安全可追踪信息与公司的物流信息进行了整合,减少了信息采集的环节,进一步保证了信息的真实和正确性。在此基础上设计了一套由公司、基地、批发中心和片区组成单机软件,不同的软件之间通过数据导入和导出的方式来传递信息。这些都是一般软件设计中所不具备的,也是本软件的特色所在。

## 6.4.1 软件系统设计的问题

软件从2005年11月开始设计,到2006年7月设计完成,但在投入使用的进展十分缓慢。到2007年11月还是在进行软件试用,没有投入正式使用。虽然Bridge公司业务繁忙,很难按安排时间进行软件代替手工的切换是一个客观原因。但这也从一些方面说明了现有软件设计中存在的问题。

(1)软件所使用的概念与Bridge公司现有概念不完全接轨,提高了公司相关业务人员的学习难度。

由于Bridge公司的从业人员没有受过财务、物流及食品安全的相关训练,所以他们在工作中按自己当地的方言习惯形成了一些专业术语。这些术语在整个深圳布吉市场中普遍通用。而我们设计软件过程中虽然已经将相关的正式专业术语通俗化,但由于文化的差异,公司的从业人员学习新软件时很多概念还是难以理解,虽然可以进行简单操作完成日常工作。但对软件理解不充分也使得他们在采集信息时,根据原有的知识进行信息筛选,部分可追踪信息没有采集。如果能在软件中所使用的概念设计上能更好地包容现有的当地文化,应当会使软件的推广阻力减小。

（2）数据的导入导出虽然比电话联系准确度高,但频繁的导入导出来传递数据和信息仍然是比较烦琐和低效率的。

在 Bridge 公司从业人员对电脑操作不熟悉的情况下,让他们对新的软件望而生畏。如果今后可以实现网络化,将系统改进成网络版,各系统共享数据库,那么完全可以取代数据的导入导出,提升系统的效率。公司只要聘请一个精通电脑软件的专业人员就可完成所有的数据传递和维护工作,使软件对相关操作人员的电脑知识要求降低。

（3）可追踪系统实现的成本较高。

要真正实现可追踪信息的采集,要在各个收购点配备电脑及扫描、打印设备,并且在每个收购点都要有熟悉电脑操作的工作人员。这样的硬件和软件投入成本很高,而且短期看不到效益,也让管理者在决策中难以取舍。

（4）可追踪信息的采集设计实现较难。

在采集食品安全可追踪信息时,本软件的设计是通过为不同农户的产品贴标签,在销售时再通过标签进行回采来实现。但是在实际工作中,公司采用标准包装物对农产品进行包装,这样会出现一个包装中有多个农户的产品,对这种信息的处理采用混合编码的方法,这让片区的收购人员不适应,难以上手。

（5）公司的产品和业务流程难以标准化。

Bridge 公司的产品虽然进行了分级收购和销售,但分级的标准不明确。在收购和销售过程中由于分级标准不明确会导致库存产品的实际数量难以记录和清查。这个问题用软件只能使问题更复杂。

## 6.4.2  系统设计的经验

Bridge 公司现有经营规模较小,只有一个批发中心也使他们的管理者看不到软件在公司规模扩大后为他们带来的效率的提升。并且 Bridge 公司的经营管理者同时是前台的销售人员,长年以来养成的亲自到现场观察和采集信息的习惯,也让他们对软件所采集和汇总的数据不信任。造成了观念上接受软件的障碍也是使软件没有很快投入使用的原因。为此笔者总结出以下经验,希望能对后来设计相关软件的人有所帮助：

（1）利用互联网设计网络版软件。

在单机版软件能通过导入和导出数据的方式进行信息传递,但对于没有太多计算机知识的职员而言,数据的导入和导出都是难以理解和操作的。利用网络自动传递信息,就可让这类工作变得简单可行。

（2）保持设计团队的稳定。

为小规模的农产品经营企业设计软件，不可能用通用软件的设计方法和思路。因此软件在设计时就将公司的经营环节的各种操作固定下来，将财务信息后台处理。这类公司的软件设计都需要有大量的公司专有知识，这样使新介入软件设计的人难以理解软件的功能和思路。如果在设计中出现人员的变化，将会极大地延长软件设计时间。

（3）采集数据时采用效率高的工具。

本次软件设计的数据采集是通过人工录入的方式，在试运行过程中由于工作人员的计算机知识有限，工作效率与手工相比没有明显提高。相反有时还降低了效率。设计使用扫描仪器等设备和移动性强的电脑，可以让工作人员更方便和迅速地完成工作。

（4）业务流程重组时尽量保留公司原有的组织结构和人员配置、企业文化。

农产品经营公司的老板大都靠个人经验取得成功，他们不愿意改变现有经营方式和原有的经验公式。公司的员工学习新技术的能力有限。因此全新的工作方式会让他们不适应和排斥，影响软件使用的效果。并且在软件中尽量使用公司现有的术语，降低软件的学习难度。

（5）如果物资分布较散，应当分级建库严格收发。

一般情况下农产品经营企业都会在不同的生产和收购点使用大量物资。这些物资在手工管理时一般由公司总部管账，各生产和收购点管实物。由于生产和收购点没有建账和设库，他们只是公司给多少就用多少，用到哪里用了多少他们并不清楚。这样使物资清查变得十分困难。分级建库能使不同的管理者明确自己对物资管理的权力和责任，减少公司的内部损失。

# 泰国社区合同农业的治理机制分析
## ——基于 Swift 公司的案例分析

最近几年,农业与食品工业在产品开发、质量保证体系和如何改善物流等问题上日益表现出越来越强的联合性。自由市场采购正被合同生产和垂直一体化所取代。越来越多的一体化和联合可能会带来生产和分销渠道在效率上的改进,从而导致产量增加和市场革新(Hendrikse,2002)。在不同的供应链治理机制中,合同农业是农业中一种非常重要的制度安排,这种制度为"一家一户"小规模生产的农产品商品化如何与农产品加工相联合提供了一种重要途径,它通过合同将"一家一户"的小规模生产与一个较大的核心企业相联系,这种核心企业能够处理相关产业上游和下游的一项或多项经济活动,比如投入品的供应、产品加工与销售等。对于实行小规模经营,并且农产品很难进入市场的发展中国家的农业现代化来说,合同农业尤其重要。

可追踪系统能够在生产和分销链中跟踪和追溯产品流。实施可追踪系统,即在生产和销售过程中的关键点,对产品流的身份进行记录,并对相关信息进行系统地收集、加工和储存。可追踪系统改善了利益相关者之间的信息流和信息透明度,改变了供应链中现存的权利结构(Hobbs,2004),但是 Hobbs 的工作是纯理论性分析。对可追踪系统如何影响合同农业这种治理机制几乎没有什么实证研究。

泰国在如何通过合同农业将"一家一户"的小农户与整个生产体系整合在一起这方面做得非常成功,也非常有名。最近几年,泰国为了满足进口国家食品安全法规的要求,一些公司开始采用可追踪系统,这为相关的调查研究提供了很好的实例。本章要回答下列一些问题:泰国基于社区的合同农业治理机制是什么样的?为农民以及公司带来了怎样的影响?可追踪的过程是什么?它与现有的系统是如何整合在一起的?可追踪系统对治理机制和交易的影响是什么?可追踪系统给农民和公司带来了哪些成本和利益?

本章的结构如下：第一部分说明本部分的理论框架；第二部分介绍泰国基于社区的合同农业的基本情况；第三部分分析泰国社区合同农业的治理机制；第四部分分析可追踪系统对治理机制和交易的影响。

# 7.1 理论框架

任何治理结构都包括各种交易执行的规则，它与权威、指导和控制联系在一起。它是正式或者非正式规则（制度、约束）的集合，这些构成事后对准剩余进行讨价还价的基准（Hendrikse，2002）。

治理机制很重要是因为制定一份完全合同的成本太高，在一项交易关系中，有些行动是既可观察，又可证实，而有些行动是只能观察。合同的不完全性在于事前说明一切是不现实的。事后对剩余产权的所有者而言，关于那些在合同中没有明确达成一致意见的事项，是在具体环境中通过分配决策权来实现的，比如当事人根据自己利益的最大化来决定在具体环境中什么是最优行动。一种最优的治理结构必须能最大限度地激励人们去提高投资，减少（事后讨价还价状态的）无效率行为，同时尽可能少的将风险转嫁给风险规避者。

当事人之间的关系很少通过明确的合同来单独协调，激励问题很大程度上通过隐性合同的自我实施来解决。因此镶嵌在交易中的规则可能是正式的，也可能是非正式的。正式规则和非正式规则存在相互依赖关系。前者通过不完全合同决定权的分配来体现，后者则通过隐性合同或者关系合同体现出来。不完全合同的正式规则在一定程度上决定将要产生的非正式规则，并且反过来又要受到它们的影响。非正式规则的稳定性取决于正式决策权的分配。所有正式权利的分配不仅决定当事方建立自己声誉的积极性，而且也决定其遵守隐性合同的成本与收益。而隐性合同（或者关系合同），即可置信的非正式协议，只有在如下条件下设计才会有效，即对非正式协议中的当事各方来说，遵守非正式协议而带来的声誉必须足够重要。

但是，组织（或者链）是协调与激励个人行为的一种复杂机制，它们不仅仅只处理投资激励与所有权的问题。投资需求是由各种因素引起的，所有权激励仅仅是其中的一种。同时，我们还要考虑各种激励手段之间合约的外部性，其中关于各种重要领域之间关系的关键概念是互补的。这是考虑组织各种属性（或各方面），比如技术、透明度、复杂性、物流、会计和治理等的一种方式。

本部分将调查泰国合同农业治理机制，特别是可追踪系统是怎样影响和补充合同农业治理机制中的隐性规则和显性规则的。

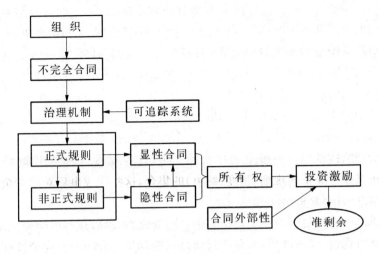

图 7.1 研究框架

## 7.2 基于社区的合同农业简介

### 7.2.1 调查对象选择

起初我们选择了 Swift，Taniyama，Chad Siam，Fresh Partner，Riverkwai，CP，Betagro、Kingfisher 以及 Tops Supermarket 等数家公司作为备选研究案例。这些公司分别位于泰国 Bangkok 省、Nakhon Pathom 省 Kamphangsaen 地区以及 Somutsakorn 省，产品包括芦笋、小玉米、甜玉米、香草、珍稀水果、家禽和对虾。其中 Swift 公司、Chad Siam 公司及 Riverkwai 公司在相邻的地区通过合同农业方式生产并出口芦笋，与此类似的还有 Fresh Partner 公司和 Riverkwai 公司的蔬菜业务，而 CP 和 Betagro 通过合同农业和市场采购两种方式进行生产出口。

基于预研究，我们选择了 Swift 公司、Taniyama 公司和 Fresh Partner 公司作为详细研究对象，理由如下：它们都是水果和蔬菜包装出口公司，位于相同或邻近的区域，自然与社会状况比较接近，而且 Taniyama 和 Swift 这两家公司都在 Nakhon Pathom 省 Kamphangsae 地区和 Rachaburi 省 BoPang 地区开展芦笋生产出口业务。基于上述理由，来自这三家公司的数据具有可比较性，限于篇幅，这里我们主要描述和分析 Swift 公司的情况，同时参考来自其他案例，特别是 Taniyama 公司的 NongNgu 种植小组的数据，因为该小组的规章制度主要借鉴于 Swift 公司的 ThungKwang 种植小组。

### 7.2.2 调查对象简介

在介绍 Swift 公司的具体情况前,有必要了解泰国合同农业的发展状况,这为理解 Swift 公司运转提供了基本背景信息。根据 Chatcharee 在 2000 年的研究,泰国西部地区的合同农业主要有三种:

(1) 个体合同农业。

农民将自己的产品直接出售给签约的中间人,但双方并无书面或口头协议,农民从中间人那里购买原料或者赊账。这种合同形式给农民一种自由或者独立的感觉,但农民受农产品价格波动影响巨大。

(2) 通过中间人的"亚合同农业"。

公司为中间人提供原料,并设定收购定额,中间人把原料分发给农民以保证产品质量同时负责收购农产品。公司主要利用中间人来识别"亚合同农业"生产小组的成员。

(3) 以社区为基础的合同农业。

这种组织方式相对较新,始于10~15年前,并且有政府的支持,初始动因是政府为了增加出口。出口型农业企业发现有政府支持的农民生产社区更容易控制农产品质量和数量,同时农民也有了市场保障和议价权,尽管他们的生产必须符合种植社区的规则。此外,农业企业和政府机构也为种植社区合同农户提供了市场许可的农药以及较高科技的投入品。这种合同农业形式去掉了中间人环节,由企业直接与种植社区成员联系,种植社区内部实行委员会自治,本文详细介绍的 Swfit 公司就属于这一种形式。

图 7.2　Swift 公司

Swift 公司于 1988 年成立，从事鲜活农产品贸易。1990 年 Swift 公司与英国珍稀农产品公司以合资方式成立出口公司——泰国珍稀农产品有限责任公司。目前该公司在泰国的 Kampangsaen 地区和 Petchaboon 地区有两套加工设备（包装车间）。出口产品包括芦笋、小玉米、香草和新鲜水果，主要出口国包括英国、中东地区、日本和澳大利亚。为便于研究，我们主要以芦笋生产为研究对象。被调查的芦笋缔约种植社区主要是 Nakhom Pathom 省 Khampaeng Saen 地区的 Thung Kwang 种植社区，该社区也是与 Swift 公司缔约的第一个种植社区。

1989 年，亚洲蔬菜研究发展中心（Asian Vegetable Research and Development Center，AVRDC）、国家农业推广培训中心（The National Agricultural Extension and Training Center，NAETC）、Kasetsart 大学农业发展研究所（The Development Oriented Research on Agrarian System Project，DORAS）以及社区负责人共同发起了拥有 47 名成员的"Thung Kwang 芦笋种植社区"，并为之拟定了章程。1989 年，在省领导与 Kasetsart 大学的见证下，47 名成员（种植面积 32 hm²）与 Thai-Topy 公司签订了合同。政府官员和本地负责人一起为种植社区设定了目标、规则和章程，两个最主要的目标是取得更好、更稳定的价格并增强农民与企业的谈判能力。由于当地农民在精耕上的知识、当地适宜的水土条件以及来自 Kasetsart 大学和其他机构的大力支持，这个社区一开始就取得了成功并发展成为最大的芦笋种植社区。自 1990 年开始，村里的其他农民也开始种植芦笋，但 Thai-Topy 公司只能吸纳 32 hm² 土地上种植的产品，因此 Eastern Fruits 公司与新加入种植社区的 77 名成员（种植面积 24 hm²）签订了收购协议。到 1991 年，一些不隶属于任何种植社区的农民也对芦笋种植产生了兴趣，但前两家公司的收购能力已经饱和，Thung Kwang 种植社区又与第三家公司——Ampol 食品公司签订协议，收购来自 280 名新成员的芦笋。

在这个过程中一些问题逐渐暴露出来：首先三家公司收购芦笋时的价格和分级标准不同，其次种植社区内部交流不畅，最后是种植社区委员会对成员缺乏控制力，一些成员把芦笋卖到那些提供更高价格或者接受更低分级标准的公司那里。这些积累的问题终于在 1993 年爆发，由于当年的洪灾和害虫，芦笋种植受到很大影响，而且种植社区同时与数家公司谈判，在农民、种植社区委员会以及缔约公司之间缺乏信任，Thung Kwang 种植社区成员数目从 614 骤降至 74。从该社区退出的农民一部分不再种植芦笋，另一部分则建立新的种植社区并且与新的农业企业签约继续种植，Swift 公司正是在这种背景下进入芦笋生产销售行业。

与 Swift 缔约的另一个种植社区叫做 Nong Tak Lan 芦笋种植社区，这个种植社区与 Swift 签约于 1997 年，当时共有 120 名成员，在签约前当地农民将农产品卖给本地的中间人或者卖给 Thung Kwang 种植社区，其目标以及规章制度都是从 Thung Kwang 种植社区复制而来。

表 7.1　Thung Kwang 种植社区成员数目变化(1989 年至今)

| | Thai Topy | Eastern Fruit | Ampol Food | Swift | 总　计 |
|---|---|---|---|---|---|
| 1989 | 47 | 无 | 无 | 无 | 47 |
| 1990 | 47 | 77 | 无 | 无 | 124 |
| 1991 | 212 | 77 | 280 | 无 | 562 |
| 1992 | 无 | 77 | 537 | 无 | 614 |
| 1993 年至今 | 无 | 无 | 无 | 74 | 74 |

2001 年,Swift 公司在 Srakaew 省 Amphur Klonghard 地区建立了新的种植社区。经过一年准备,Swift 公司与有意加入的农民成立了两个小的种植社区,总种植规模为 15.2 hm²,也就是说 47 个成员最初的平均种植面积为 0.3 hm²。2001 年 2 月,Swift 与种植社区签订了为期三年的合约,在合约中明确规定了不同等级芦笋的价格,同时规定的还有交货地点和有关支付的条款。稳定且相对较高的收入吸引该地区更多的农民加入到合同农业生产方式中来。

表 7.2　Srakaew 省和 Chantaburi 省芦笋种植发展情况

| | 2001 年初 | 2001 年底 | 2002 | 2003 | 2004 | 2005 年早期 |
|---|---|---|---|---|---|---|
| 面积(rai①) | 94 | 180 | 361 | 660 | 1100 | 1152 |
| 成员数目 | 47 | 90 | 171 | 314 | 493 | 550 |

### 7.2.3　合同农业中经济剩余的产生与分配

合同农业为 Swift 公司和农民种植户都带来了经济租金,这种剩余来自市场条件下"原子式交易"和种植社区合同农业之间的差异:泰国农产品市场体系很大程度上依赖于中间人,这种模式导致了很多问题,比如农场经营,收获后的加工,以及销售问题:

农场经营问题主要是因为农民太穷,在种植过程中缺乏必要的现金、劳动力投入,缺乏有质量保证但价格低廉的原料,以及种植所需的专业知识,他们希望从企业得到信任和帮助。糟糕的农产品加工处理、运输体系也带来很多问题:农产品品质下降、储存期缩短、物理损伤,以及量的折损。通常这些损失会从批发商传递给中间商直至到达供应链中最弱的一方,也就是那些小种植户。

农产品营销过程中农户无法提前获知价格水平,收入常常受到价格波动的影响。泰国大多数农民,特别是那些生鲜蔬菜种植户种植规模都比较小(通常只有 0.8~1.2 hm²,或者更小)。他们每天各自的收获量有限,运到省里或者大批发商那里销售很不划算,小农户只好把农产品卖给中间人或者附近的小零售商,但相应

① rai 为泰国面积单位,1 公顷相当于 6.25 rai。

的收购价格也较低。此外，小农户无法提供稳定有规律的货源，这也削弱了他们的市场谈判能力：丰收的季节里农产品的收购价甚至抵不上农民的种植成本，大批发市场的价格变化往往很频繁，使得中间人能以最低的价格收购小农户的产品，而把市场风险留给了小种植户。

不稳定的货源也给农业企业带来很大麻烦。一方面农产品质量不稳定使农业企业的生产计划必须随之调整，这将增加其生产成本；另一方面无法预料的农产品价格波动也给农业企业带来资金安排上的困难。

上述问题很难被农户一方或者公司一方单独解决，关键是小规模农户以及不规律的供给导致市场可接近度下降，市场规模无法扩大，这与主流的市场机制是相冲突的。在一定条件下，种植社区合同农业通过为双方提供经济剩余，显示了解决上述问题的潜力。一方面，批发市场里的经营者已经发展出一个固定供货关系的网络，那些供货商可以保障每天供给充分数量的生鲜产品（特别是蔬菜）。另一方面，农民和公司在知识、禀赋以及对待风险的态度上存在互补性：农民有关于土地的本地信息和隐性知识，公司则具备更高的学习显性知识的能力，比如对市场的了解和现代科技的引进。由于规模较小，农民对投入和产出很敏感，往往购买便宜的农资以降低成本，却可能带来食品安全问题。但公司由于将大量专用性资产投资于生产、销售和品牌上，因而更注重农产品安全控制问题，而且公司对价格波动的承受力更强。

由此可见，种植社区合同农业能重组来自农户和公司的资源，从而为双方带来经济剩余，具体过程描述如下：

在选定的社区，小规模种植户被组织起来形成一个管理良好的种植社区，大家把各自的农产品汇集在一起以达到约定的数量，农户间农产品量的互补消除了供给的不规律。此外，充足的供给量使得运输更经济，从而确保了农产品的销路，使得农民可以提前制定每年或者每季的种植计划。

如果农产品在收获后能得到适当的控制和处理，可以被运送至较远的市场或者加工厂，在这一过程中物理损伤较小，新鲜度、气味和重量的损失也很微弱，农产品不当处置的浪费被限定在最小范围内。在合同农业中种植户很容易接近市场，并就质量和价格与公司达成一致。在耕作前，合同价格为种植户提供了重要信息，合同农户和收购者之间的价格协议反映了供给的中短期趋势，农民可以提前安排土地、劳力和其他投入的使用。每天的价格变化或者同一天不同时间的价格变化给农民带来的巨大损害在合同农业中被消除了。

合同农业减少了中间环节，为种植户提供了直接面向市场的机会，被中间人带走的那部分利润或者农民在中间环节中的损失也减小了。传统的芦笋出口企业只收购那些在公司标准之上的产品，农民不得不将剩下的芦笋卖给中间人，这使得农民出售产品很不方便。现在情况发生了变化，Swift 公司和 Taniyama 公司开始收购低于出口标准的芦笋,并将这些芦笋销往国内市场。这极大地简化了农民对农产品的处理和销售程序,减少了交易成本,增强了农户和公司之间的互相依赖关系。

公司在种植社区设置收购点提供了一种地理位置上的双边专用性投资,公司需要在一个相对集中的区域收购农产品以减少运输费用,农民同样有类似的需求,这使得双方形成一种互相垄断的关系,任何一方要偏离这种合作关系都很困难。

在合同农业中,种植户从种植社区其他内部成员、种植社区委员会、缔约公司以及政府机构那里取得了很多技术上的知识以及耕种管理经验。公司想收购高质量以及安全的农产品,有积极性介绍先进耕作技术和耕作经验,而且有组织的种植社区便于政府部门提供技术、资金等支持。另一方面,农民的知识(栽培、分等、农药使用等)需要与公司的技术模式相融合。

在这个合作过程中缔约公司同样受益很多:公司能定期收购到足量的高质量农产品,产品品质和数量的稳定可以降低生产加工中的成本,公司也可以将生产中因节约带来的利润增长与种植户分享,也就是说提供较高的收购价格。

以上的分析多少带有猜测的成分,尽管合同农业能为各方带来经济剩余,但实际的收益分配取决于不同的治理结构,这一点反映在下面的例子中:

Srakaew 的种植社区中所有的农民都没有种植芦笋的经验,也几乎不懂 GAP 或有机耕作实践,其中相当一部分人是文盲。作为一个松散的种植社区,其中一些成员尝试着将农产品销往 Bangkok 的批发市场,但最终失败了,因为他们缺乏有效组织,无法提供稳定的货源,并且只能以低廉的价格销售农产品。在 2001 年与 Swift 公司签约之后,公司引进了芦笋有机种植,这一改变为种植社区成员带来了稳定的收入流,而不像以前那样每年只有一两季收入。每年农民有 8 个月的时间每天都可以出售芦笋而获益,一个拥有 0.32 $hm^2$ 土地的种植户年收入可以达到 132 130 泰铢(合 3304 美元),甚至 0.64 $hm^2$ 的土地在精心照料下每天可以为种植户带来 2000 泰铢(合 50 美元)的收益。平均而言,每个成员的年净收入是 99 832 泰铢(合 2496 美元),较之于没有合同农业的其他作物而言,这是一个重要增长。

表 7.3　作物为农民带来的年净收益(泰铢/$hm^2$,2003)

| 作　物 | 玉　米 | 木　薯 | 甜　菜 | 稻　米 | 芦　笋 |
|---|---|---|---|---|---|
| 收入增加额 | 6 987.5 | 7 768.7 | 2 418.7 | 4 318.7 | 311 975 |

Wiboonpoongse(1998)和 Suphanchaimat(1994)在各自的研究中也得到了类似的结论。

## 7.2.4　社会收益

除了经济上的好处,种植社区合同农业还为农户带来了社会收益。种植社区是人们生活中一个必要组成部分,而不仅是单独的个人聚在一起完成某项生产任务。每个种植社区都发展出一种自己独有的生活方式,从而变成一个"小社会"。如同其他一些亚洲国家,泰国也经历着基层社区的结构变化,涉及社会、文化以及经济方方面面。尽管农业耕种过程中的互助已经很少了,但广泛的合同农业以及在此基础上产生的合作在泰国农业发展中扮演了重要角色。种植社区合同农业使得农民一起销售农产品,共同参加月度例会和年度例会,一起接受技术培训,这些不单纯是经济事务,同时也促进了农民间的交往和交流。

一项研究报告指出每个芦笋种植社区都有自己接纳新成员的标准,这些标准包括必须种植芦笋;该成员及其家庭成员从来没有参加过其他芦笋种植社区等。一旦某个农民离开了种植社区,他(她)将失去其社会生活的一部分,相应地改变了自己的生活内容。社会收益甚至比经济方面的收益更重要,一个农民一旦因为使用违禁农药被"踢出"某种植社区,他(她)也不会被其他种植社区接纳。

综上所述,种植社区合同农业系统使 Swift 公司和种植户种植社区互相依赖,双方都有积极性留在这个系统中以分享经济租金。这种互赖关系或者说双边专用性投资也是一柄双刃剑,打破这种关系将使得双方受损。但是经济租的来源不同,带来了如何在各方之间分配利益的问题,为机会主义者寻租留下了漏洞。

## 7.3 泰国社区合同农业的治理机制

### 7.3.1 化学药剂的滥用问题

由于芦笋是一种食用蔬菜,Swift 公司规定在芦笋的种植过程中只能使用低毒的生物农药进行病虫害防治,而生物农药的成本无疑较一般的化学农药高,导致种植户成本增加。根据泰国农业部农业经济办公室农业经济组的报告,农药支出占整个生产成本的 22%,占整个收入的 17%。

Chatcharee 2000 年报导,为了增加农产品出口量和出口品质,农民需要增加对化学肥料和农药的投入。在农业支出中,杀菌剂占 6.5%,杀虫剂占 5.2%。农户抱怨说农药不仅成本昂贵,而且使用效果不好,无形中刺激种植户寻找更廉价的方法来控制病害虫的发生,这会刺激种植者本能地使用高毒高效农药或者更大量地使用农药去减少产量损失,从而降低生产成本。同时,公司也不可能随时对芦笋进行检查监督,这样就更导致在芦笋种植过程中,种植者会使用相对毒性较高且更廉价的农药进行病虫害防治。这种"搭便车"行为导致出口公司和缔约社区之间陷入一种非常困难的境地。如 1997 年和 2000 年对荷兰从泰国进口的 52 种水果和蔬菜进行统计分析表明,泰国农产品的农药残留已经相当严重,其中 29 种已经达到或超出欧盟农药 MRL 标准(Buurma, et al. 2001)。

### 7.3.2 基于种植社区的合同农业治理结构

为了控制这种机会主义行为,促进协调发展,必须一个精致的治理结构来运行。经过多年演化,Swift 公司和与之缔约的种植社区合同农户之间形成了一套包含显性与隐性规则的治理机制用以协调二者的合作,以及限定经济剩余如何分配。

**1. 缔约种植社区的显性规则**

显性规则指合同中明确规定的规则,一般由合约一方单方面拟定而另一方接受。合约中最重要的是关于价格的条款,规定了满足一定质量水平和其他特殊要求的芦笋的收购价。合约在种植社区和公司之间签订,由政府部门作为见证人。农民若不满意条款内容,也可以不加入进来,直接将产品销售给本地的中间人。

---

**芦笋种植合同**

本合同签署于_____年_____月_____日,合同双方是:_____公司代表_____先生(称为买方),与_____(农户)先生(称为卖方)。

**条款一:买卖**

双方必须按合同买卖芦笋,合同期_____年至_____年,卖方必须每天保质保量出售芦笋(至少_____公斤/天)(具体见附件1)。

**条款二:价格**

买方必须按约定价格(见附件2)购买卖方出售的芦笋。

**条款三:发货**

卖方必须按照附件1的要求将芦笋挑拣分级后送往收购中心,芦笋必须达到以下标准:

1. 必须是同一天收购的芦笋。

2. 发货前必须按照附件1的要求将芦笋清洗、分级并切削。

3. 在发货前,卖方必须对芦笋妥善保存。

4. 卖方必须在上午十一点半之前将芦笋送往收购中心。

**条款四:芦笋收购证明**

买方在检查芦笋数量与品质后,向卖方提供一份有买方签名的收购证明,卖方可凭借此证明取得货款。

---

## 条款五: 支付

买方在收到芦笋一周后将货款发往种植社区的账户上,这一过程必须在一周后的四天内完成,社区主席在收到货款后必须立即将钱分发给种植户。

## 条款六: 保证函

签订合约时,买方必须在银行存入 100 000 泰铢作为履行合同的保证(见附件 3)。

## 条款七: 芦笋质量评判

双方因芦笋质量或收购流程发生争议时,省农业推广官员将作为裁决人,作出不可上诉的最后判决。

## 条款八: 不可抗力

当卖方因不可抗力(详见附件 4)不能如约交货时,双方应迅速交换意见,但协议关系仍然继续。双方在签约前,应就"不可抗力"的具体内容达成一致。

## 条款九: 芦笋生产与虫害发作

在发生虫害或是出现对进口方有害的害虫时,卖方必须停止交货并立即解决问题。如果问题被解决,买方必须在得到卖方通知的一天后恢复产品收购。

## 条款十: 买方违约

如果买方不按约定或者拒绝收购卖方产品,卖方可中止合同,但买方必须在合同终止 15 天后向卖方支付补偿费。

## 条款十一: 卖方违约

如果卖方不按约定或者拒绝向买方销售产品,卖方可中止合同,但卖方必须在合同终止 15 天后向买方支付补偿费。

## 条款十二: 附件

附件是合同的一部分,如果附件内容和合同主体发生冲突,以合同主体为准。附件包括: 1. 芦笋质量标准,2. 芦笋价格,3. 保证函,4. 不可抗力,5. 公司注册文件。

本合同一式两份,双方必须完全理解合同意思,并在见证人面前签署合同。

签名(卖方):　　　　　　　　签名(买方):

签名(见证人 1):　　　　　　　签名(见证人 2):

签名(见证人 3):　　　　　　　签名(见证人 4):

芦笋种植合同附件

### 附件1　芦笋质量标准

**优等:**

**1. 一般属性**

a) 茎端闭合无花(没有嫩叶出现)

b) 茎秆坚韧,直而不曲

c) 茎秆不超过25厘米长,其中绿色部分不超过18厘米长,卖方必须预先挑拣并分级

d) 秆重量依标准级别而定

e) 茎秆必须干净无虫

**2. 尺寸**

a) A级芦笋直径不小于1厘米,平均每枝约14克

b) B级芦笋直径不小于0.8厘米,平均每枝约8克

**次等:**

**1. 一般属性**

a) 茎端张开但无嫩叶

b) 茎秆坚韧,不长于25厘米,其中绿色部分不超过18厘米长,卖方必须预先挑拣并分级

c) 茎秆必须干净无虫

d) 茎秆重量依标准级别而定

**2. 尺寸**

a) A级芦笋直径不小于1厘米,平均每枝约14克

b) B级芦笋直径不小于0.8厘米,平均每枝约8克

c) C级芦笋直径不小于0.6厘米,平均每枝约6克

### 附件2　芦 笋 价 格

**优等:**

1. A级(25厘米长)40泰铢/千克

2. B级(25厘米长)25泰铢/千克

**次等:**

1. A级(25厘米长)30泰铢/千克

2. B级(25厘米长)21泰铢/千克

3. C级(25厘米长)5泰铢/千克

注:上述价格在合同签署期一年内有效,在得到政府部门许可后,新价格将取代该附件中的价格。

**附件 3 保 证 函**

（丢失）

**附件 4 不可抗力**

1. 战争,2. 内战或革命,3. 自然灾害,4. 虫害,5. 天气变化,6. 工厂因工人罢工而关闭,7. 国家法律规定的其他不可抗力

上述不可抗力必须经过双方协商制定,相应争端由省农业推广办公室协调。

合同中的许多条款(那些画线部分)不够明确,企业和政府应该承担何种技术转移的责任,合同中也没明确指出,因此显性合同需要一些操作指南和隐性规则的补充。操作指南包括:

(1) 种植操作控制。

为确保把高品质、安全的蔬菜运送到消费者手中,Swift 公司积极参与作物生产的每一步,并为之建立了一个综合质量保证系统,覆盖了从田间种植到农产品包装直至运输各个环节。这个保证系统包括危害分析与关键控制点(hazard analysis and critical control point,HACCP),良好操作规范(good manipulate practices,GMP)和良好农业操作(good agricultural practices,GAP)等等,这些操作规范包含很多严格的规章制度。例如,对所有主要的要素,如土地利用,土壤条件,水质以及交叉感染等都实行了风险评估;通过不同的方式(培训、考察)促进技术的转化,以提高农民的知识和技术水平等。就技术转化而言,Swift 公司一方面邀请农业专家向种植社区成员讲授农业知识,另一方面也直接向每一地区派出合格的农技员,这些农技员不仅为农民提供培训,也随时解决农民生产过程中的问题,同时还担负着定期监督农民的责任。此外,Swift 公司总部还直接向各个种植社区派出经验丰富的农技员进行独立监督调查。每年的 EUREP/GAP 和有机农业操作认证由授权的认证委员会完成,公司向农民提供稳定价格、无息贷款以及其他财务上的激励,鼓励农民采用 EUREP GAP 和有机农业操作规范。

例如,2000 年,Swift 公司将 Srakaew 省的一些种植社区种植户带到 Nakornpathom 省参观学习当地执行 UEREP/GAP 的情况,从而在 Srakaew 省引入了有机农业这一生产方式。公司定期为种植社区提供有机芦笋种植培训,内容包括土壤准备,固体萌芽基质和营养保持等方面。公司向种植社区提供无息贷款等财务支持以帮助种植社区生产有机肥料、购买其他必要投入品,或者设置种植社区农资商店。

(2) 收集和分级规则。

收购站(或者叫物理市场)设置在种植区域,称重和分级完全透明化便于农户和公司互相监督。每个农民每年第一次收获芦笋时公司会检测他(她)的产品,如果没发现问题一次检测就够了,万一有农药超标等现象,随后公司会进行更深入的检测。

(3) 种植社区管理规则。

种植社区管理规则是在各省农业推广官员和公司帮助下制定的,包括种植社区委员会设置,种植社区活动安排以及种植社区财务。

种植社区委员会通常有 9 名成员,包括主席、副主席、出纳、记录员、秘书和若干一般委员。委员会由种植社区成员按照一人一票的原则投票选出,负责新成员资质审核、一般的内部管理以及与公司沟通等工作。新成员加入和技术推广工作由委员会和公司合作完成,但公司有最后的决定权。

种植社区活动包括技术培训、参观学习以及月度例会。种植社区成员通常每个月的 15 号聚在一起讨论农产品安全问题、质量问题、技术转移问题以及价格或财务问题,Kasetsart 大学的专家教授也会参加这些例会。平时如果发现食品安全问题,在接到公司警告后,种植社区会立刻召开会议解决问题。

种植社区财务:种植社区收入来自两方面,首先公司定期把货款交给种植社区委员会,委员会在扣除 1% 后将剩下的部分发给种植户。另一方面,委员会还经营着一个非盈利性质的农资商店,农民可以从这些商店赊到一些农资。这些扣下的钱用来建立办公室,为各种例会(年度、月度、临时)提供费用,也是管理费用和委员会工作人员补贴的来源。

图 7.3　种植社区会议

### 2. 缔约种植社区的隐性规则

尽管种植社区规则看上去只涉及种植社区内部管理,但这些规则的确影响着农民和公司之间的交易过程。而且公司大力提倡和推荐合同农业,使得委员会在农民和公司间处于一个微妙的位置,这其中包含着大量的隐性规则。

此外,实际情况如此广泛和复杂以至于不可能将每件事都在事前清楚定义,特别是质量或农资来源等方面的要求难以用显性规则规定。农民需要对种植过程保持诚实的态度以保证产品质量,比如不得使用违禁农药,不能在收割期使用任何形式的杀虫剂等,或者不能把收获的芦笋浸水以增加重量等。这些行为很难用显性规则加以管制,在这种情况下,隐性规则应运而生。

隐性规则也用来治理公司和农户之间的交易,通常用来形容那些每个人都知道,但没有人明确写出来的规则。隐性规则一般嵌入在农民和公司的交易过程中,往往很细微且难以定义。在 Swift 的案例中,最重要的隐性规则嵌入在以下活动中:技术转移活动、财务支持、每天的产品收购、月度或年度例会、种植社区管理以及政府服务。

(1) 技术转移活动。

公司和种植户都深深介入了种植技术改进活动,在这些活动中种植户之间以及公司与种植户间发生了频繁互动。根据 Chatcharee 在 2000 年的调查,农民耕种知识主要来自邻居,但种植社区成员更多的依靠种植社区会议、培训以及参观学习来获取知识。月度例会中 63.3% 的议程与种植技术有关,为种植户提供了共享经验和教训的平台。每个种植社区中都会有少数农民作为技术创新者或者是新种植技术的来源,这些人通常被称作"技术能人",种植社区成员从交流学习中获益良多,特别是关于芦笋新品种引进、施肥技术和害虫管理方面的知识尤其受到欢迎。

农艺员在技术转移过程中扮演了关键角色,笔者的观察显示农艺员主要有三个作用:

1) 了解与食品安全生产相关的一般信息,比如:土地位置、灌溉系统、成员的诚信度。

2) 加强公司与农户的沟通,建立彼此的信任关系。

3) 为农户提供技术指导以减少农药误用或其他影响食品安全的行为。

(2) 产品收购活动。

图 7.4　在田间与农民交流的农艺师

　　芦笋种植是一种劳力密集型工作,且需要较高的手艺,农民和公司必须紧密配合才能保证整个收购流程顺利进行。根据泰国农业部农业经济办公室的一项调查,芦笋种植过程中的变动成本为 16 603.75 Baht/rai[①],也就是总成本的96.08%,其中最主要的劳力投入部分是收获、挑选和分级工作,大约占总成本的 20.14%,这意味着从收获到交给公司要经历一个复杂的过程:

　　第一,农民需要在每天早上完成收获,并将芦笋超过 30 cm 长的部分截去,根据目测估量按直径把芦笋粗略分级,并把 1 kg 左右的芦笋捆成一捆放入包装箱送往收购中心。

图 7.5　切割、预分级并运送到收购中心

　　第二,收购中心设在种植区中心地带,尽管农民事先对芦笋分过级,公司还是会雇佣本地劳动力把芦笋重新分级。例如:农民事先按直径把产品分为 A、B、C 三级,工人还要根据芦笋顶端以及茎的质量再进行筛选,特别看重芦笋顶端是否开花、有没有破损,茎秆的硬度和色泽等等,不符合要求的将被丢弃或者放入较低等级的包装中。值得注意的是在称重和重新分级的过程中,农民和工人之间没有发生争执,工人重新分级也只是挑选出一少部分芦笋丢弃或重新归类。

　　第三,在等待分级称重的过程中,种植社区成员之间会互相帮助,比如帮其他农民把芦笋从运输工具上搬下来,或者讨论一些除虫或技术上的问题,也涉及农资

图 7.6　收购站、重分级、称重并贴标签

---

　　①　Baht 为泰铢,泰国货币以泰铢(Baht)为单位。

或产品价格、委员会的表现等话题,这些非正式讨论为农民交流技术和种植难题提供了另一个渠道。

第四,分级完成后,工人将芦笋按等级称重并计算应该付给农民多少钱,并将收据给农民,这样的收据种植社区委员会以及公司都会保留备份。大约一周后公司把货款交给委员会,再由委员会分给各个种植户。

第五,公司每天定期把收购的芦笋运往加工厂(但并不像合同中所说的每天11点半),并保证在24小时内到达国际市场。每天的收购量对公司和种植社区管理都影响巨大,比如确定分级员的数量、分级地点、收购容器和运送工具的安排等,收购环节各方高度互相依赖。

上述流程看上去简单易行,却需要在一个相对稳定的环境里经历长期互动来建立信任,也就是说上述流程并不能简单复制到另一种环境背景下。在泰国,大量的农产品生产遭受价格波动影响,原因有很多,很重要的一点是许多不道德的中间人在分级和称重上做手脚欺骗农民,许多农民并不满意商人的分级标准,甚至一些农民无法顺利得到货款。但从中间商的角度而言,农民也可能在预分级上不诚实,比如以次充好。这个过程往往引起很多争论,耗时费力。此外,这套流程需要花一定时间来适应,一些农民并不喜欢或者说不习惯分级系统,不愿加入种植社区。特别需要留意的是每家公司的分级标准并不一致,Taniyma 公司有三级:A1,A 和 B1,而 Swift 公司有五级:A1,A,B1,B 和 C。如前所述,Thong Kwang 种植社区在 4 年里就经历了兴盛到瓦解,其间的教训便是稳定的环境才能产生稳定的合作关系,太多的变数将导致机会主义行为而影响双方的效率。在相对稳定的环境中,各方通过互相交往使得那些本来很陌生的行为规范变成一种惯例,建立起共同的认知地图,这些规则或者惯例只有成为人们的心智模式才能有效发挥作用。

(3)种植社区管理。

种植社区委员会提供一些一般性和技术性的信息,确保成员可以获得符合规定的农资,并与公司就价格展开谈判,这是一个由农民自己管理的自组织的机构。

种植社区内部的深入互动对种植户和公司都很重要,降低了单个农户与公司交易的交易成本,种植社区委员会也会受到公司的影响,因此种植社区管理是整个交易治理结构的重要部分。

公司对种植社区成员权具有决定作用,并帮助委员会设定组织章程以及管理模式。Swift 公司主席 Paichayon Uathavikul 先生总结他实行合同农业的经验时提到,公司的合同农业要想成功,除去其他因素,需要一个拥有核心成员的委员会来辅助管理,比如遴选成员、提高成员的集体责任感、帮助设计组织架构和管理方式等。在笔者调查的一些案例中,公司还根据情况建议种植社区更换委员会领导。对于表现良好的委员会成员,公司也会给予一定奖励。例如,为 Nong Ngu Laeum 种植社区委员主席 ParnThumali 提供了去日本旅行的机会。

如前所述,公司通过种植社区账户向农民支付货款,而种植社区将扣除1‰作为日常开支,这是一大笔财富(在收获季节每名成员每天大约可以贡献0.5美元),各项开支剩下的钱会根据每名成员的交货量按比例还给他们。一旦某名成员退出种植社区,这笔钱将被扣除,促使农民继续留在社区里。

(4)社会信任与集体责任。

种植社区成员之间以及种植社区与公司间建立了一种信任关系,种植社区成员在一起住了很久,互相很熟悉,也享有一些共同的情感,比如某个农民打算使用农药时,他(她)不仅要考虑自己的利益,也要考虑这种行为会给其他成员带来什么后果。农民与公司打交道也有很长时间,逐渐发展出一种信任关系,Swift公司与Thung Kwang种植社区合作了12年,而Taniyama公司与Nong Ngu Laeum种植社区合作了18年,这种合作使公司与农户间建立了充分的双边信任以及战略合作关系。在笔者的访谈中,因为可以获得更好的价格,很多农民表达了他们对公司的感谢,从情感上讲也愿意在种植上做得更好。在NNL种植社区,60%的农民相信万一公司或者消费者发现食品安全问题追溯到种植社区时并不能找到确定的肇事者。人们可能会推测农民会利用这一点来使用违禁农药,事实上这个种植社区在使用农药方面相当规矩,几乎没有出现过上述现象,这个事实说明了公司与农户间的信任关系。从某种程度上讲,社区成员拥有一种集体责任感,比如很关注种植社区的声誉,这为阻止农药滥用提供了帮助。

(5)政府的角色。

在建立和维护合同农业的过程中,政府扮演着三个角色:调整产品供给,提供技术支持,帮助公司和农户建立稳定合作关系。

在管制芦笋供给方面,1987年,泰国农业合作部要求芦笋种植户必须在"芦笋农业经济区"办公室注册。这样的经济区分布在泰国9个省的15个地区,帮助政府预测和管理芦笋生产规模。随着芦笋种植在Kamphangsae地区的推广,许多农业公司为这一地区高质量的芦笋展开了激烈竞争,为阻止争端并增强农民的谈判力量,Kasetsart大学和省农业推广办公室将该种植区划成Muang区(与Taniyama签约)和KS区(起初与Thai-Topy公司,后来又与Eastern水果公司、Ampol食品加工公司、AF&V公司和Swift公司签约)。

政府部门通过参与合同签署与执行过程来促进农户、公司以及政府三方建立合作关系。在三方举行联席会议签订生产合约时,Nakorn Pathom省地方长官作为会议主席参与,农民则派代表参加,农技工人为一些技术问题提供中立的意见。合同执行过程中如果出现问题,政府官员或者其代理人拥有最后裁决的权利,而且判决结果不允许上诉。因此,政府不仅为公司和农民最初的合作提供了诱因,也竭力促进二者建立持续的信任关系。

在农业技术支持中,农业推广部门是政府中与农民联系最紧密的部门,根据一项调查,52.2%的接受调查者认为他们与农业官员保持着良好的关系,但也有

46.3%的受访者声称从未见过政府官员;43.5%的农民对来自农业推广部门的服务感到满意,另有 56.5%的人没有回答。

以上我们简要描述了隐含规则的形成和演化过程,众所周知,农业生产是一项非标准化过程,例如种植的自然环境难以控制,产品通常也不标准。除此之外,农民常常教育水平较低,且长期生活在一个社区里,互相之间有着丰富的社会、经济互动,这些特性决定了隐含规则在整个治理机制中相当重要。在 Swift 案例中,这些隐含规则激发了农民充分利用隐性知识,并有助于各方之间经济剩余的分配。对隐性规则的分析也引出更多值得进一步研究的问题,比如:在一个相对稳定环境和一段足够长的时期里,这些规则是如何从低水平的制度演化出来或者这些规则又是如何消失的;显性规则如何决定了隐性规则,又反过来被其影响甚至修改;显性和隐性规则之间的界限在哪里等。

### 3. 共享的心智模式

心智模式是想象或者真实世界在大脑里的表征,来自人们对感知、想象或者言语的建构。心智模式为人们的行为提供了指导,这一概念尽管很难厘清,却能通过调查揭示其具体内涵。

根据 Charcharee(2000)对 Thung Kwang 种植社区的调查,34.8%的农民认为把产品卖给签约公司是最重要的规则,而 30.4%的农民则强调最重要的是种植高质量芦笋不能使用违禁农药,大多数(72.2%)农民认为规则是委员会设定的,也有22.2%的农民认为是种植社区会员设置了规则,剩下的 5.6%觉得规则来自签约公司,这些认知反映了农民对规则的理解。对那些不守规则的农民该如何处理,69.6%的人觉得应该惩罚他们。绝大多数农民对分级标准(95.7%)和分级系统(91.3%)感到满意。82.6%的农民满意收购价格,100%的农民都认可签约公司使用的货款支付方式。除了一两个农民觉得委员会在维护农民权利而与外界斗争上还不够有效外,余下的接受调查者普遍认可委员会的工作。以上数据表明管理规则已经或多或少地内化为种植社区成员的心智模式,下面的例子可以更清楚地说明这一点:

在与 Taniyama 公司签约的各个种植社区中,合作时间越长的种植社区互相的信任度越高,或者说滋养了共享的心智模式。根据笔者在收购站两天的观察,尽管公司没有派出专人到收购站收购,挑拣和分级工作进行得很顺畅。农民的预分级达到了相当高的精确度,大大减少了收购站的挑选和分级工作,农民甚至不用监督称重过程,分级和称重期间也没发生任何争执。不仅如此,农民还帮助收购站工人把芦笋从一个环节搬到下一个环节,而且农民之间也习惯性地互相帮着搬运。那些使用了农药(在用药范围内)的农民主动向收购站表明自己的用药行为,减少了收购站检测成本和公司销售含有超标农药芦笋的风险。

关于这一点 Swift 公司主席提出:"关键是各方从内心认同这种合作伙伴关系,而不是将关系限定为买家与卖家,能力较强的一方应该为其他人提供合理的帮助。"Swift 公司的一位经理也提到食品安全控制方面"态度第一,技术第二"。出于这些考虑,Swift 公司与农民签订了 3 年的长期合同,并以成本价向农民提供种子,农民通过长期分期付款计划支付种子费用,在这个过程中农民认识到这种长期合同可以带来稳定收入。种植社区成员已习惯了这种商业模式,种植并销售芦笋成为他们的习惯,他们也愿意把芦笋卖给自己熟悉的人。总之,寻找新的买者或者卖者对双方来说都存在大量不确定性,而且要花更多的时间去熟悉对方。但并不是一切都完美无缺,报告显示部分种植社区成员对例会内容感到不满,觉得很多安排没有实际作用,而且种植社区发展目标和管理规则也让人困惑。种植社区心智模式的形成过程是另一个值得研究的问题。

显性规则、隐性规则以及心智模式构成了种植社区合同农业现存的治理结构,这个治理结果决定了经济剩余的创造以及规则的建立,减少了各方的机会主义行为,理顺了合作关系,并简化了整个交易流程。

## 7.4  可追踪系统对治理机制和交易的影响

### 7.4.1  基于缔约社区的可追踪系统

Swift 公司于 2003 年开始实施食品可追踪系统,首先是为了满足海外市场对食品安全保障系统的要求,将食品可追踪系统作为该系统的一部分,其次是可以及时高效处理出口食品安全问题。Swift 公司建立了一个基于种植社区的手工可追踪系统,包括标志分配、记录、查核和相关的跟踪及追溯,描述如下:

Swift 公司首先分配给每个种植小区或某种作物以某种编码,例如,"TN1E"、"TN"代表种植社区的代码,"1"代表种植户,"E"代表经欧洲 GAP 认证。然后采用手书方式将该编码写于一张廉价的小塑料卡上,小塑料卡置于一个玻璃瓶中,并保存于该公司设在社区的收购站中。

图 7.7  标签盒

当种植户来公司售卖其芦笋时,在他们等候称量和评价等级时,公司就将编码附于每捆芦笋上(这些活动并不占用有效的时间,目的是为了减少成本)。公司会将每个种植社区的所有芦笋按等级放置在一块,然后将每捆芦笋随同种植户的编码一同转移至包装车间。

产品到了车间以后,Swift 公司偶尔随机抽查芦笋的农药残留问题,或者根据每个种植社区的信息,对某些可疑的种植户的芦笋进行抽查,或者对种植户每一轮收获的初期产品进行重点抽查。一旦发现农药残留量超标，第一次先进行警告，第二次则对种植者进行除名。如果不存在农药残留问题，公司会将每个种植社区的所有芦笋放置一起进行筛选分级和包装。由于每个种植社区的所有芦笋的量已达到进行产品加工所需要的最小量，可追踪系统几乎没有对产品加工线进行任何修改。

图 7.8　检查病虫害、进一步切割和重新包装

随后，一个新的标志就被分配至该种植社区的产品上，在芦笋的篮筐中就贴上"TN1819"，"TN"是种植社区的代码，"18"代表收获日期，"19"代表加工资料。这样，每个种植社区被分配一个代码，置于包装篮中。当产品运输至国际市场上，将有一个文件记录每个种植社区的芦笋代码。在国外，如果某些顾客发现了食品安全问题，公司可以通过检查运输记录，来查知是哪个种植社区的产品出了问题，从而可以及时做出处理，暂缓从该社区收购芦笋。每个种植社区有责任鉴别、确定哪个种植户出现了问题，并作出警告或遣散的处理决定。其中，公司派遣的某些农技员也参与到这个鉴别程序中来。只有当该社区对问题产品进行合理处置后，公司才恢复从该种植社区收购合法产品。否则，公司将延缓1~3个月或干脆停止从该社区收购产品。

图 7.9　加贴公司标签　　　　　　　　图 7.10　包装好的芦笋

为帮助鉴别不合格芦笋,公司派遣的农技员将检查种植记录和农药购销记录。

图 7.11　运输记录

在 Swift 公司,大部分种植户均获得了 GAP 认证,而获得 GAP 认证的先决条件是具备耕作规范的记录或者档案。耕作规范记录提供了种植的程序,如化学药品的使用(施用量、施用时间、施用种类、施用原因以及施用者)。Swift 公司派遣的农技员将定期核实每个种植户档案记录的真实性,并签上自己的姓名,亦作为一个保证食品安全的组成部分。这些农艺学家也负责田间技术支持,现场解决种植问题。在发生食品安全问题时,公司将通知农技员鉴定芦笋的来源,并作出纠正。

图 7.12　农户种植记录

Swift 公司会定期地从种植户手中收集相关的种植记录,并将该记录至少保留 3 年,Swift 公司也检查种植社区内农药化肥商店的销售记录,作为规定,种植户必须从种植社区内的农药化肥商店购买农药和化肥等生资用品。当然,这些生资用品商店受到公司免息贷款的支持,同时这些生资用品的价格比市场价格要低得多。公司提供一些化学品的黑名单和合格名单,这些可购买和不可购买的名单将公布于社区的公告墙上。所有在社区内商店出售的生资用品必须经过公司和种植社区共同核准。种植户在生资用品商店购买的产品将被记录,从这些记录中也可以推断种植户是否在其他地方购买过生资用品。

种植社区越大,其鉴别农产品安全问题的来源也越困难。因此,Swift 公司会进一步将大的种植社区划分为较小的种植社区,其划分原则就是其日产芦笋的产量可以满足一条包装线的最小需求即可。对于小种植社区来说,确定农产品来源更加容易而且信息不对称问题也不那么严重,搭便车的动机将被弱化。如果问题依然存在或者是海外客户取消了订单,公司将在一段时间内停止收购该社区的产品,这样的话整个社区都将遭受损失。只有种植社区帮助公司确定了问题产品的来源,而且问题得到解决,公司才会恢复从该社区收购农产品。

以上就是 Swift 公司实施农产品食品可追踪系统的一般操作程序。

### 7.4.2 可追踪系统对治理结构的影响

(1) 可追踪系统通过事后惩罚机制提供了一种延迟权利。

在实施可追踪系统之前,公司和农户之间的交易在农户将芦笋在收购站交付给公司时就已经完成,即芦笋各方面的所有权这时都从农户转移给了公司。当出现食品安全问题时,公司遭受了损失,而使用了剧毒农药或非法化学品的种植户却没有受到任何惩罚,因为没有办法对不合格芦笋进行追溯。

在实施可追踪系统之后,公司和农户之间的交易在收购站由农户将芦笋交付给公司时并没有完成,农户还对芦笋所有权的一个方面——芦笋质量安全负有责任,这时农户只是将芦笋所有权的其他方面转给了公司。只有等芦笋卖给消费者,没有发现问题时,交易才算彻底完成。这时可追踪系统提供了事后的信息显示机制和惩罚机制,减少了信息不对称问题,打击了故意的滥用化学农药的行为。

由于食品安全是一种信用品质,对信用品质的信息披露有经济成本和时间成本,所以,购买农产品时,不可能对每一件农产品进行检验;同时,对那些易腐农产品,也不可能等到彻底检测完成之后才进行加工。由于农户拥有更多农产品信息,并且对农产品质量属性进行检查只需花很少成本,可追踪系统将农产品质量安全属性的产权及相关的收益界定给农户,使种植户拥有了农产品安全质量属性及其相关的利益剩余,这样就会降低公司的监督成本和检测成本。基于食品安全问题的可追踪系统的事后处罚机制,减少了对事前信息的需要量,但却并没有减弱种植户进行安全产品生产的积极性。因此,可以说可追踪系统在交易中提供了一种新的产权安排,我们称之为延迟权利。这里,可追踪系统提供了一个类似 Barzel (1982)所描述的产品担保的机制。

(2) 可追踪系统使公司可以干预农户的内部管理。

在食品安全问题没有被关注之前,种植户对生产过程拥有完全的决定权。合同农业使种植户能有效地利用自身的知识,减少对系统信息的需求。

但是当食品安全问题突出后,可追踪系统作为一个显性规则被引入,这时对相关的安全农药、安全化肥使用的控制就不只由种植户自己决定了。公司派出的农技员将核实种植操作,检查种植档案。公司直接干预农户的种植行为和化学药品的购买与使用。种植户只能使用公司规定的化学药品,并且只能在公司指定的种植社区内商店购买化学用品。据 Chatcharee(2000)报道,在可追踪系统实施前,Thung Kwang 种植社区仅有 39% 的种植户从规定的商店购买农药和化肥。另外,种植户还要对种植过程进行记录,并对种植过程中农事操作提出合理解释。另一方面,还是保留了种植户对田间日常管理的权利。当然,从一定范围来看,合约的属性涉及一个新的方面,即当种植户对产品其他属性的产权保持完整的同时,却对产品的安全信息失去了独占性。合约的这种新特性保证这样一个原则:那就是最终产品的属性决定权被重新分配到最有知识、最关心最后结果的人手中。

(3)可追踪系统为了保证系统的有效性和高效率,会不断调节种植社区内的结构、社会信任度及社区知识,从而在一定程度上减少对隐性规则的依赖。

种植社区内的结构是必要的,因为在可追踪系统内有太多且太小的农户供给者,使得可追踪系统复杂化了。在 Swift 公司,有大量的农户从事芦笋生产和供给,并且每个农户每次仅能卖给公司少量的芦笋,那么单独包装每个种植户的产品是不切实际的,所以集中处理种植社区内所有的产品非常必要,这样就会使可追踪系统变得异常复杂。在这种情况下,可追踪系统并不能够在个体水平上体现其效果。要使可追踪系统有效运作,使农民形成社区是一种必要的实践。组成一个社区的一定数量的农户,他们在地理位置上是邻近的。公司因此只需要与种植社区签订合约而非种植户。那么建立在社区水平上的可追踪系统就会在共同责任的基础上正常运作。

事实上,可追踪系统在社区水平上运作,并不代表可追踪系统对个人机会主义行为不产生制约作用。可追踪系统可以确定责任至一个种植社区,这样就缩小了追踪范围,从而有利于降低责任追踪成本。一个种植社区越小,这种可追踪责任越清晰。而且,公司派遣的监察员或农技员定期检查、监督有可能发现发生食品安全问题的来源。一旦某种植户施用非法化学药品,并且持续使用,农药就会在土壤和植被中保存一段时间,这样就给检查者对最终结果进行鉴定的机会。此外,可追踪系统结合国外消费者广泛监督,能在很大程度上识别出食品安全问题。一旦种植户意识到这一点,他们的机会主义行为可能会被约束至最低程度。

可追踪系统一旦借用了种植社区内的社区结构,它随后就需要利用社区内的集体信誉和社会信任机制。社区中社会信任度和集体责任机制的存在使基于社区的可追踪系统能发挥作用。如果一个“搭便车”者企图使用非法化学药品,那么他的这种机会主义行为将会给他在这个社区的社会资本带来风险。因为同一社区的农户一般居住在一起,社区内的每个成员都在进行着多方面相关联的重复博弈。他们在社区经济、社会生活的声誉很大程度上取决于社区信任,而这种社区信任是一种相当宝贵的、并且通过多年才累积起来的无形资产。如果发生某种个人机会主义行为,那么无疑会给整个社区的福利带来风险;而一旦这种行为被大家确认,那他或她将失去在整个社区中的信用和相关的利益。

另一方面,社区的这种社会信任度的存在使基于个体水平上的、更精确的可追踪系统显得没有必要,这样就降低了可追踪系统的成本。Swift 公司(13 年的合同农业经验)采取的一种更精确的可追踪系统,是将种植个体的编码置于每一捆产品中,而 Taniyama Siam 公司(18 年的公司农户经验)仅仅将追踪编码置于每一种植社区的产品中。这种差别似乎在揭示这样的趋势:公司和种植社区的合作以及社区内部之间的合作越长久,在他们之间就存在越好的信用,这样就越不需要更精确的可追踪系统,可追踪系统就越依靠系统中的"软成分"来支撑。与此同时,隐性的社会信任度需要通过显性的、直接的可追踪系统来维持与发展。如果没有可靠的硬技术来确认、处罚"搭便车"者,那么社会信任度将会土崩瓦解,因为如果"搭便车"者能够从机会主义行为中获得更多的利益,那么越来越多的人就会采取机会主义行为。可追踪系统提供的这种能够确认、处罚机会主义行为的"硬"技术就是建立种植社区的基础。

最后,Swift 公司也需要依赖种植社区内的知识和信息,来鉴定肇事的来源。因为整个种植社区有着共同的集体责任和社会声誉,这样社区内的每个种植户都有激励监督不法行为。有一位面访者谈到:"当社区内的某位成员使用非法药品时,我会向公司汇报,这样公司就可以集中、重点检查贴有该种植户标签的产品。"因为社区对区内每位成员有更多的信息,这样就可以低成本地对种植户进行监督。可追踪系统已经改变了社区内各种植户之间的关系,从而能够利用社区内的知识和信息控制食品安全问题。

这样,"软"的社会关系和"硬"的可追踪系统在一定程度上相互作用,彼此依赖。隐性的"软"条件(社会信任度和良好意愿)和显性的"硬"条件(对"搭便车"者的惩罚)互相补充。较高的信任度可以降低对可追踪系统精度的需要。由此推论,如果存在完全精确的可追踪系统,那么就没有必要建立针对食品安全问题的社会信任;同理,如果存在完全的社会信任,那么就不需要建立可追踪系统。但是,"硬"条件和"软"条件的产生都会导致成本增加,因此,最理想的系统是在此二者之间保持一种平衡。

(4) 基于可追踪系统的最佳惩罚机制。

关系合约中标准的模型是使用重复博弈理论的机制来分析的。它的主要结论是无名氏定理,即通过对未来的惩罚来维护今天的合作,例如,今天坏的行为明天会通过终止信任关系而得到惩罚。这在我们的观察中已经发现。但是,我们的观察还发现,在社区合同农业中重复博弈的最佳惩罚并不像重复博弈理论所描述的严格策略那样严厉,例如,非法者是以一种永不原谅的方式受到惩罚。在 Swift 公司,实际的惩罚是首先对社区和个人的警告,要求他们帮助查出原因,开除违法者。如果该社区不能查出确切的原因,公司将在一段时间内停止对该社区产品的收购,这样直到查明原因才恢复对其产品的收购。这种机制似乎是最佳的。

首先,惩罚是一种令人置信的威胁。

因为如果出现食品安全问题,对公司来说,客户可能拒绝购买该公司的产品,这样公司可能会暂时失去该市场。另外,对种植户来说,其所使用的有毒化学品在环境中的分解或者被冲淡是要花时间的。因此,公司在短时间内收购有问题的产品,公司利润就可能会损失。

第二,短期内停止收购违规社区所生产的产品对防止农户的机会主义行为是足够有效的。

停止收购违规社区生产的产品可能对具体实施了机会主义的农户和社区内其他没有实施机会主义行为的农户来说,损失都是惨重的,这样就惩罚了机会主义者。这是因为出口公司给了农民以优厚的价格。从某种程度上讲,这种给农民的价格就像给工人的某种效率工资,会降低监督成本。如果芦笋被公司拒绝收购,农户很难以相同的价格在就近市场很快卖掉。但是,芦笋却不会因为公司停止收购而停止生长。芦笋是一种多年生的植物,可以生长5年。农户需要找到稳定的市场来马上卖掉他们的产品,这样,农户就有激励确保销售渠道的通畅,农户自己的利益驱使他们不会实施机会主义行为。

第三,惩罚要足够"软",以致既能够控制社区行为,又不会损失公司的专用性投资。

由于公司在社区内有专用性投资,比如声誉、技术转移和社区专有知识。永久放弃整个社区,对公司来说也是不合算的,因为大多数的农民是诚实的,而且长时间不收购产品可能会迫使农民将产品卖给其他人,从而形成新的联盟或者忘记了现存的技术惯例。根据食品安全的状况恢复收购也符合公司利益。

(5)建立可追踪系统的社区几乎没有承担任何额外成本。

通过以上描述与分析,基于手写记录的可追踪系统并没有增加农户和公司的成本,这点是显而易见的。主要原因是可追踪系统并没有引起太多的物质耗费,并有效地整合到现存的运营惯例中去,利用了现有的社区结构,产权有效率地分割带来了监督成本的降低。在此,我们可以谨慎地断言,在其他发展中国家实施基于社区的可追踪系统也是可行的、能低成本有效地运行。

# 结论与政策建议

## 8.1 本书的主要结论

综合以上分析,本书的主要结论有:

(1) 食品安全具有信用品特征,食品安全的本质是信息不对称导致的逆向选择,"吃了不倒"是我国食品安全面临的主要问题。

食品安全的信用品特征是指食品对健康的消极影响不能马上显现出来或不能容易地确定致病食品和食品来源。中国当前社会充满了机会主义行为,尽管法律规定了消费者有权消费安全产品,而生产者必须生产安全产品。但是,"吃了不倒"属于信用品,测量成本高(相对于搜寻品和经验品质),需要物质成本和知识(这往往是消费者自身无力承担的,只有专业组织才有此能力),这样,生产者便有积极性来攫取租金。当政府的检测不严时,生产者会使用低劣、价廉的农药,或者采用不当的农药施用方法,以降低生产成本(改进外观,增加产量)。"吃倒人"问题不会是我国食品安全的主要问题。因为,一旦发生"吃倒人"事件,政府可以立即追踪到源头,理性的生产者不会生产此类产品。凡是出现了"吃倒人"事件,一定是生产者的无知,或者以为政府追查不回来,这类的安全问题通过媒体宣传,容易解决。因此,在均衡条件下,消费者消费的主要是"吃了不倒"的蔬菜。

(2) 我国目前的食品安全管理基本上处于无政府状态,取消所有的政府监管机构,让市场自由运作,食品的安全水平不会下降。

政府官员也是一个"经济人",政府监管工作质量的信用品属性更突出,政府监管行为会由于信息不对称导致的柠檬现象。政府有能力检查、处理食品超标事件,但是需要付出成本。给定食品安全是信用品质,政府即使不检测,社会大众也不会发现,从而可以"节约"监管费用;另一方面,严格监管需要大量的人力物力,执法成

本极高,原因有五:

1) 我国农民收入低,完全销毁超标蔬菜将导致农户的巨大损失,其抗法激烈程度可想而知。

2) 给定市场上普遍的超标现象,大量销毁蔬菜,将导致市场供应问题,不具有现实性。

3) 在我国蔬菜流通体制下,供应链的一体化程度低,从种植者到零售者经过了多次交易,批发商一般随行就市从产地批发市场自由采购,没有能力监测和控制产地的农药使用,惩罚零售者、批发商,信息难以传导给产地农户,对农户用药行为的激励作用不大。

4) 一般菜农、经营商的经营规模小,有些是兼业经营,信誉激励作用小,菜农的技术水平低,没有积极性和能力控制农药使用。

5) 种植者、经营者越多,政府监管难度越大。

因此,只有在食品安全"发展"成了经验品质,被媒体曝光,上级追查,政府便面临压力,才会查处(一般是来一次"运动式"抽查)。同时,我国现行的多部门分段监管体制的团队工作性质导致了政府各部门间的"搭便车"与"囚徒困境"问题。这种情况下的市场均衡是:生产者会控制蔬菜超标量不至于到"吃倒人"的水平,社会大众不会意识到农药超标,政府不监管信用品,而主要对付经验品、上级和媒体。我国的蔬菜安全基本上处于"无政府状态",处在市场自身所能保障的水平。

从表面上看,我国目前食品安全问题的出现是由企业生产者唯利是图所致。虽然政府也在不遗余力地对不安全的产品进行监管打击。但是,企业总是在一定的约束下追求自身利润最大化、企业的行为是会随着外部约束的变化而变化。有什么样的环境,就有什么样的企业;有什么样的制度环境,就会有什么样的生产组织形式。

(3) 政府监管越是相对集中,监管的有效性和积极性更高,相反,多部门监管的效率与效果较差,并且,末端的监管优于源头的监管。

分段管理下,每个部门对自己所管的部门相对熟悉。但是各部门之间如同市场一样,绩效考核成本高,监管责任划分困难,由此导致部门之间的机会主义。同时,每个部门分别检测自己的"领地",存在重复检测,相互指望,导致管理的空当。一些部门交叉模糊地带没人负责。对蔬菜安全管理知识的分散在不同的部门。

一体化监管则将"市场交易"转换为"科层内控制",只有一个部门对安全负责,可以从总体上综合使用总的监管资源,有利于安全知识的积累,在整个供应链中选择最有效的监测点,并可能有利于符号资源的相对集中,公私伙伴关系的形成。这样,产权更清晰,可以减少部门之间的责任纠纷和机会主义。

同时,在末端控制,可以使信息为消费者所知晓,从而借助市场的力量,增强激励,同时,促进供应链的一体化,利用供应链内部的控制机制来控制食品安全,从而,起到"四两拨千斤"的作用。如果监管"源头",则由于"源头"的农户分布广,数量多,规模小,信誉的收益低,而使得监管成本高。

(4)对政府的监管是食品安全制度演化的第一块基石。

食品安全问题的根源在于政府监管方式不当或者没有积极性监管,导致无效的食品安全管理信号系统,生产者、消费者决策没有可供参照的有效信号和知识储存。政府垄断了信号资源,但是,政府却把监测信息隐藏起来,消费者缺乏决策的参照系;政府垄断了认证市场,没有竞争和监督,认证单位没有积极性维护自己的声誉,渐渐地,政府的认证失去了信号价值;多头监管,质量信号资源分散,竞争性地发布无效的"噪音",或者不利于供应链的一体化,等等。消费者没有了参照信号,高质量产品的生产者不能获得回报,由此导致市场失败,社会(生产者、消费者、监管者)不能够在良性互动中学习和积累知识,学习机制失效。

如果说政府的监管是促进微观主体进行食品安全控制的动力,那么谁来监督政府?如果没有能力监管执法部门的工作质量,政府为什么有积极性付出努力来监管谁都不能意识到的信用品质?什么是激励政府行为的有效信号机制?一个可能的答案是:政务信息的公开透明和媒体的自由报道。从某种意义上,食品安全问题本质上是一个"体制"的问题。

(5)一旦外部有了对食品安全的要求,供应链就会实现某种程度的一体化,并且,食品安全水平要求越高,一体化程度越高,农户的规模越大。

支持这一结论的经验事实有:

1)凡是出口的公司都实行了不同程度的一体化。

2)农药残留风险越高的出口叶菜类的生产,要求的一体化程度越高。

3)对于国内企业而言,凡是注重产品质量的、规模较大的企业,往往实行一体化。

4)所有为提供给国内市场提供蔬菜的经营者,一体化程度低,一般都是从产地批发市场自由采购。

5)一些大的蔬菜基地农户的安全水准一般高于非蔬菜基地农户的蔬菜。

综合我们的调查,不同组织形式在蔬菜安全保障水平上存在如下的梯度:完全一体化(公司返租、合伙制)优于公司加大农户,优于"公司加小农户",优于蔬菜基地农户,优于散户生产。

这些经验事实与理论演绎的结论一致。在现实世界中,信息的获得是需要成本的,从而导致了信息不对称和逆向选择。信息成本越高,信息不对称的程度就会越高,逆向选择与机会主义就会越严重。解决信息不对称的一个重要制度安排是建立各种不同类型的"不完全"竞争市场,一体化是其中的一种。越是信息成本越高,越是需要一体化。交易的组织形式决定交易物品的属性,完全市场化的交易模式,决定交易的只能是标准品(commodity)或者搜寻品质,而不可能是信用品质。因为后者的信息成本高,用市场交易来保障的交易成本太高,前者的信息成本低,适合于完全市场化方式。另外,生产经营者的规模越大,专用性资产越多,讲信用的收益或不讲信用的损失越大,因而,越有积极性讲信用。

基于这样的认识,我们认为,中国现有的家庭联产承包经营体制下的小农户分散经营的组织形式是不可能提供安全食品的。因此,我国食品安全的重点在于如何积极引导分散的小农户自愿形成组织,培育建立社会关系网络,利用组织的信用和社会关系网络来约束个体的行为。

(6)可追踪系统带来了"延迟产权",降低了信息不对称导致的逆向选择。

如果没有追踪,交易会随着物品的交割而完成。信息不对称会导致柠檬市场,但是,有了可追踪系统后,交易并未随着物品的交割而完成,标志和追踪提供了一个界定、明晰供应链内部各方安全责任的工具,一旦出现问题,客户可以溯源,获得赔偿。由此我们提出了一个称之为延迟产权的新概念。

现有的调查表明,一旦有了对质量或安全的外部要求,同时质量信息成本高,则供应链内部就会发展某种形式的责任追溯制度。可追踪系统与延迟支付方式往往配合使用。只有在物品消费后没有发现问题,供应商才能获得货款。在这种预期下,供应商的行为会发生变化。因此,有了可追踪系统后,时间会增加信息的对称程度,降低信息测量成本,信息不对称的效应会较少。可追踪系统技术建立了延迟产权,弱化不对称信息的效应,是本研究的一个创新。

(7)相对于前向追踪和召回功能,我国企业更强调可追踪系统的后向追溯。

在发达国家,可追踪系统的主要功能是实现精确快速的召回,针对的是"意外"事件。Can-trace将可追踪系统的功能定义为四个方面:满足政府对可追溯的法规需要、满足市场客户对可追踪的需要、减少安全风险责任、减少召回的范围和频率、改进供应链的效率(质量控制、库存管理)。根据Can-trace的研究,精确快速的召回是可追踪系统的主要收益(http://www.can-trace.org/REPORTS)。这主要是因为国外的政府注意对消费者的保护,执法严格。同时,企业规模大,守法意识强,注重声誉保护,供应链的一体化、生产的规模化和标准化。而这是我们所不具备的。

我国食品安全问题往往是"有意而为"的机会主义行为。一旦出现安全事故,企业有积极性减少或不召回。因此,企业更愿意向后溯源,找到相应的责任人,而不愿意向前追踪,实现召回(recall 或 withdrawal)。同时,溯源需要的投入相对较少,追踪的难度更大,因此,在可追踪系统的建设中,企业更愿意实现溯源而不愿意追踪。召回与溯源两个方向上存在成本与激励的不对称。

但是,即使是简单、粗略的溯源,也是有意义的。一旦有了溯源制度,就意味着从市场到产地的相对一体化,市场的安全监管信号可以通过供应链传递到产地种植者的手中。我国的可追踪系统应该从溯源开始。

(8) 供应链内部的"信任关系"与可追踪系统之间存在替代关系。

供应链一体化,重复博弈与信誉机制可以防止供应链参与者的机会主义行为,会降低可追踪系统的溯源功能(其他功能依然需要)。因此,在"公司+农户"模式中,可以利用农村社区内的社会关系和声誉机制,以村组为单位进行追踪,从而降低追踪系统的实施成本。

我们在中国和泰国所作的"公司+农户"案例调查表明,他们看重可追踪系统的延迟产权和责任追溯功能,以控制农户在使用农药上的机会主义行为,并以合作组为基础进行追踪,合作组承担某种程度的连带责任。泰国 Swift 公司的合作组追踪系统、Taniyama 公司的社区追踪系统、浙江温岭西瓜合作社内部的质量责任追溯制度、Bridge 公司在以往使用的纸质标签、浙江茶叶出口商的样品保全制度、湖北易生物科技有限公司的产品追溯与集体责任,都使用了这一设计理念。

但是,可追踪系统建立以后,是促进原来供应链更加一体化或是市场化,具体会因采用的技术不同而异。一方面,可追踪系统提供了一个"硬"技术,促进双方的信息流通和物流整合,增加了交易双方进一步交易的机会,有利于信息的记录、保存和共享,增加了企业对农户生产管理的干预,因而,促进了一体化;另一方面,"硬"技术对产权的界定,减少了对信息的需求,降低了交易对关系的依赖程度。可追踪系统因采取的技术不同,而具有不同的专用性。在可追踪系统的成本和收益的分配上,往往越是末端的企业越有积极性要求建立可追踪系统。

(9) 企业是实施可追踪系统的主体,政府作用在于提高蔬菜市场安全监管力度。

蔬菜可追踪系统的开发,企业是主体,市场的需求是动力。调查表明,一些地方的政府代替企业来设计农产品可追踪系统,往往以宣传效果为导向,而不改进实施可追踪系统的外部市场环境。结果是,结果系统开发出来后,使用可追踪系统的企业不如不使用的企业,因此,往往政府设计的软件免费供企业使用,企业也不愿意使用。从现有的实践看,我国实施可追踪系统主要不是技术问题,而是企业缺乏使用可追踪系统的外在压力和内在动力。政府主要应制定和执行市场法规,为企业创造一个讲求质量的外部约束。

可追踪系统一般由一个链的控制者"链主"(声誉的承担者和声誉收益的索取者)来推动实施。一旦供应链有了可追溯系统,政府可以将质量抽查和供应链可追溯功能结合起来,建立了企业的产品安全信誉系统,该系统在消费者、企业和政府之间共享,并进行风险预测、风险管理和沟通。因此,可追溯系统可以作为质量安全信誉系统的一个重要基础设施。这是可追踪系统对于我国政府的重要功能,而目前还没有受到重视。政府不知道如何利用企业的可追踪信息。

## 8.2 政策建议：通过有效的质量信息管理，促进多层次信誉机制和社会结构的演化建立

基于上述的初步结论，我们提出如下的蔬菜安全保障框架图（图8.1）。

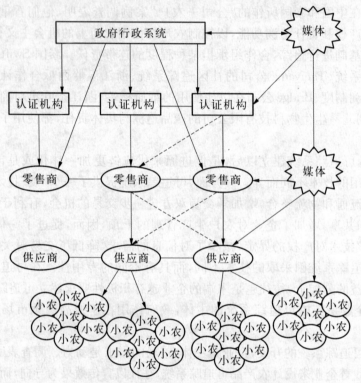

图 8.1 我国理想的蔬菜安全保障的组织结构示意图

该系统的组织结构包括：建立竞争性认证市场，认证企业对蔬菜供应链进行认证监督；政府系统的监管职能集中到一个部门，内部实行行政监督，并对认证企业、蔬菜供应链、媒体进行监管；新闻媒体对政府和企业进行监管，新闻媒体内部实行竞争；农户相互组织起来，通过供应商，到达超市，形成供应链，供应链内部构成质量管理体系；媒体、零售商、供货商、菜农等组成行业或社区协会，进行内部声誉管理。消费者根据认证信息、政府监管信息、媒体信息选择购买。

其运作机制是通过对产品质量信息的管理，培育多层次、多领域的信誉机制，降低社会的交易成本。这个机制有以下特点：

（1）多层次的信誉机制是核心。

蔬菜质量安全问题主要是由于其信用品特性、信息不对称所致。但是，信息的完全对称的成本太高。信誉机制不需要完全的信息，是降低信息不对称问题的一种交易成本较低的制度安排。

声誉机制意味着个人是有限理性的，不具有完全的信息，只能记住本地的信息，通过个人的历史记忆，结合新获得的信息进行决策，声誉也意味着社会分散决策与分散知识的利用，同时，它将许多短期合同变成一个长期合同，将新古典合同转变为关系性合同，减少了合约的数量与相应的信息成本。

（2）培育多层次信誉机制，需要对社会分散的质量信息进行有效的管理。

信誉机制的建立必须以一定的信息为基础。目前，社会质量信息有四种：认证企业的监管信息、政府的质量监测信息、媒体监测信息、生产经营者的质量信息。他们分别分布在不同的社会群体之中，多层次信誉的建立，需要有效地利用这些分散的信息。具体机制如下：

通过市场竞争，建立认证企业的信誉机制。认证企业给予被认证企业以信用，自己首先必须要有信用。认证企业以自己的信用和少量监管来建立被认证企业的信誉。为了有效地利用认证企业的监控信息，保障认证企业的信誉，提高其监管积极性，必须打破认证市场的政府垄断，实行认证机构社会化和市场化。竞争性的认证市场会使得认证机构注重自身的信誉。

加强对政府监督，提高政府的信誉和监管的积极性。政府有能力识别农药残留，因而，蔬菜质量安全对于政府而言，由信用品变成了经验品，政府监测信息的社会共享是信誉机制形成的重要信息基础。但是，为了使政府公正执法、严格监管、共享信息，需要建立政府的信誉机制。政府的信誉需要通过民主的制度、法律法规的约束、自律维护以及社会监督来保障。为了提高政府监管的效率，需要将现有的多部门监管职能集中到一个部门，并且主要针对供应链的末端进行监控。

为了有效利用分布在生产经营者中的质量信息，需要促进多层次社会结构和信誉机制的演化形成。多层次的社会结构和网络，包括种植者社区合作组织、稳定的供应链与网络、行业协会等。在稳定的社会结构和网络中，关系持续和重复交易的可能性大大增加，组织内部的声誉变得有价值，相互作用的双方都有积极性发送或收集储存相关信息，同时，在组织中信息的收集、发送、储存相对容易。因此，有组织的比无组织的（散户）更注重声誉，组织紧密的比组织松散的更注重声誉，少量的信息就可以约束交易方的行为，声誉机制意味着利用社会分散的信息，建立声誉的过程也是社会学习和知识积累（记忆）的过程。

利用已有的社会结构和网络基础，可以大大降低政府的监管成本。政府可以通过对少数认证企业的监管，来实现对大量供应链的监管，或者通过对少数供应链"链主"（如超市）的监管，实现对整个供应链的监管（而不是现在的对大量分散的农户的监管)。社会的结构化程度越高,政府的监管成本越低。政府监管成本的节约来源于两个方面,一是利用了已有的社会机制,减少了被监管对象数量;二是政府与少数监管对象之间形成了长期关系合同(另一种信誉机制),这一点对于蔬菜安全控制尤为重要。目前,蔬菜质量安全问题主要在于分散的小农户,政府的监管要面对无数的小农户和经营者,检测成本极高,应积极引导农民自愿形成组织,培育建立社会关系网络,利用组织的信用和社会关系网络来约束个体的行为。

媒体或社会质量信息的充分利用是通过媒体市场的竞争和媒体在大众中的声誉机制来保障。

可追踪系统作为一项技术手段,是在社会安全信息管理与信誉机制的大框架下运作,可节约供应链管理的信息需求,储存和共享安全信息。可追踪系统可与政府监管相结合,通过信息系统储存、共享企业的安全行为信息,促进质量安全信用的建立。

上述多层次(政府系统、供应链、媒体、认证企业内部及相互之间)的信誉,本质上是分散的、不同层次的社会知识/记忆体系,提供了社会多层次决策的信号参照系。而信誉的建立过程本质上是一种社会学习和知识积累过程,它受到社会信息的管理方式的影响。不同的信息管理方式,会导致不同的社会知识分布结构、不同的物品交易方式和交易成本。一个有效率交易方式的社会知识系统,有赖于有效地利用分散在不同部门、领域、机构的质量信息,引导社会的学习过程。因此,蔬菜安全控制本质上是形成一个社会质量安全信息管理系统。声誉机制本身就是社会学习机制和社会分散知识的利用机制,也是一种节约社会认知、有效掌握大量分散信息的手段。

(3) 信誉可能导致"不完全竞争"和租金,但是信誉是通过竞争建立起来的。

我国目前市场的质量信誉差,近乎"完全竞争",市场进入门槛为零,经营者数量多,规模小,"零利润"。而信誉建立后,往往伴随着一体化、适度集中、市场垄断、专用性投资等"不完全竞争"。但是,这并不意味着信誉的建立需要政府人为地将"完全竞争"市场变成不完全竞争的市场。信誉建立的关键是加强监测,形成有效的质量信号系统,让产品质量好坏的信息为消费者所知晓,优胜劣汰,逐步形成"不完全"的竞争市场。没有质量信息,无论是垄断的一体化市场,还是"完全竞争"市场,都不会有信誉和质量安全。这是我国目前各地正在实施的市场准入制度需要注意的。

以上就是我们发现的我国蔬菜质量安全市场运作的初步逻辑,如果了解并运用这一逻辑,政府将可以建立起我国食品安全管理的长效机制。反之,如果不了解其中的逻辑,不改革现行的监管体制和生产方式,将无法从本源上控制和解决食品安全问题。我国食品安全问题主要不是技术问题,而是由内在机制(逻辑)冲突导致的不当激励所产生的。

　　针对蔬菜安全的信用品特征,从信息管理、信誉机制、知识利用的角度,提出一个我国蔬菜质量安全治理机制的概念框架,目前还不多见。另一方面,克服信息不对称的信号显示机制和制度安排可以是多种多样。如果没有交易成本,所有的信号显示机制都是一样有效率。正是由于存在交易成本,那么,不同的信号机制和制度安排的效率会不一样。我们的分析还只是初步的,分析中带有很多的猜想。同时,逻辑的细节还未能反映出我国食品安全的治理机制,而更像是一般信用品的治理机制,这是我们需要进一步深入研究的。

# 参 考 文 献

［1］巴泽尔.产权的经济分析.上海：上海人民出版社,1997.

［2］董树亭.植物生产学.北京：高等教育出版社,2003.

［3］傅德成.食品质量感官鉴别指南.北京：中国标准出版社,1994：120.

［4］科斯.企业、市场与法律.上海：上海三联书店,1990.

［5］孔洪亮.全球统一标识系统在食品安全跟踪与追溯体系中的应用.食品科学,2004,(6).

［6］李光德.中国食品安全卫生社会性规制变迁的新制度经济学分析.当代财经,2004(7)：14-18.

［7］(美)埃里克·弗鲁博顿,(德)鲁道夫·芮切特.新制度经济学：一个交易费用分析范式.上海：上海人民出版社,2006.

［8］农业的词典编辑委员会.农业大词典.北京：农业出版社,1998.

［9］青木昌彦.比较制度分析.上海：上海远东出版社,2001.

［10］世界银行.中国水果和蔬菜产业遵循食品安全要求的研究.北京：中国农业出版社,2006.

［11］苏英东,宋度林.浙中沿海区域西兰花产业区域竞争力分析.世界农业,2007,(1)：30-31.

［12］苏英东,王小怀,李伟龙.临海西兰花　优势赢天下.中国农技推广.2005,(5)：44.

［13］唐勇."俱乐部品"不可或缺条件下的农村经济组织制度创新——浙江省临海市上盘镇西兰花产业合作社案例研究.农业经济问题,2003,(9)：54-58.

［14］王秀清,孙云峰.我国食品市场上的质量信号问题.中国农村经济,2002,(5)：28-33.

［15］王耀忠.外部诱因和制度变迁：食品安全监管的制度解释.上海经济研究,2006(7)：62-72.

[16] 卫龙宝,王恒彦.安全果蔬生产者的生产行为分析.农业技术经济,2005,(6):2-9.

[17] 吴金希,于永达.浅议管理学中的案例研究方法——特点、方法设计与有效性讨论.科学学研究,2004,(12).

[18] 伍建平.农产品市场失败与政府监管.中国农业大学学报(社会科学版),1999,(3):59-60.

[19] 杨辉.实现质量信息可追踪——在食品企业推行产品质量追踪体系的设想.监督与选择,2006,(8).

[20] 杨万江,李剑峰.城镇居民购买安全农产品的选择行为研究.中国食物与营养,2005(10):30-33.

[21] 于辉,安玉发.在食品供应链中实施可追溯体系的理论探讨.农业质量标准,2005,(3).

[22] 余浩然.我国城市蔬菜质量安全政府监管框架的研究[硕士学位论文].武汉:华中农业大学图书馆,2006.

[23] 战明华,吴小钢,史晋川.市场导向下农村专业合作组织的制度创新——以浙江台州上盘镇西兰花合作社为例.中国农村经济,2004,(5):24-30.

[24] 张五常.经济解释.香港:花千树出版有限公司,2002.

[25] 张晓山.促进以农产品生产专业户为主体的合作社的发展—以浙江省农民专业合作社的发展为例.中国农村经济,2004,(11):4-10,23.

[26] 赵兵.蔬菜品质学概论.北京:化学工业出版社,2003:1.

[27] 郑卫兵.台州西兰花产业现状分析与发展对策研究[硕士学位论文].杭州:浙江大学图书馆,2004.

[28] 中国条码推进办公室.中国条码推进工程简报,2005,(4).

[29] 周德翼,杨海娟.食物质量安全管理中的信息不对称与政府监管机制.中国农村经济,2002,(6):29-35,52.

[30] 周德翼,杨顺江,周向阳.食品安全管理中的博弈分析及其对我国食品安全管理制度设计的意义.农业经济管理学科前沿发展战略学术研讨会,中国杭州,2005年3月.北京:科学出版社,2005.

[31] 周洁红,钟勇杰.美国蔬菜质量安全管理体系及对中国的政策启示.世界农业,2006,(1):43-46.

[32] 周应恒,耿献辉.信息可追踪系统在食品质量安全保障中的应用.农业现代化研究,2002,(6).

[33] Alchian A A, Demsetz H. Production, information costs, and economic organization. American Economic Review, 1972,62(5):777-795.

[34] Barzel Y. Measurement cost and the organization of markets. Journal of

Law and Economics, 1982, 25(1): 27 - 48.

[35] Benjamin K, Crawford R G, Alchian A A. Appropriable rents, vertical integration and the competitive contracting process. Journal of Law and Economics, 1978,21(2): 297 - 326.

[36] Boselie D. Roadmap to trusted third party certification for food safety assuance in emerging fresh markets, Volume 2 in KLICT IASCD Toolkit, 2001. 12.

[37] Buurma, et al. KAP Data base. State Institute for Quality Control of Agricultural Products, 2001.

[38] Golan E, Krissoff B, Kuchler F, Calvin L, Nelson K, Price G. Traceability in the U. S. Food Supply: Economic Theory and Industry Studies. Agricultural Economic report No 830. 3/2004: 11 - 22.

[39] Hendrikse G. Governance of chains and networks. Position paper KLICT 3352, 2002.

[40] Hennessy D A. Information asymmetry as a reason for vertical integration, in strategy and policy in the food system: emerging issues. Proceedings of NE - 165 conference, 1996, June: 20 - 21.

[41] Henson S, Hooker N H. Private sector management of food safety: public regulation and the role of private controls. The International Food and Agribusiness Management Review, 2001, 4(1): 7 - 17.

[42] Hobbs J E, Spriggs J, Fearne A. Institutional arrangements and incentive structures for food safety and quality assurance in the food chain. //Hooker N H, Murano E A, ed al. Interdisciplinary food safety research, CRC Press, Boca Raton, FL 2001: 43 - 67.

[43] Hobbs J E, Young L M. Closer Vertical Co-ordination in Agrifood Supply Chains: A Conceptual Framework and Some Preliminary Evidence. Supply Chain Management, 2000, 5(3): 131 - 142.

[44] Hobbs J E. Information Asymmetry and the Role of Traceability Systems. Agribusiness, 2004, 20(4): 397 - 415.

[45] Jin Y Y, Woo M L, Jong G W. Quality Improvement of Major Kimchi Vegetables through Plant Breeding and Biotechnology. Acta Horticulture, 1999,483: 48 - 56.

[46] Kramer A, Twigg B A. Quality Control for the Food Industry. Westport, ConnecticutAVI,1970,(1).

[47] Luis Arturo Rábade and José Antonio Alfaro, Buyer-supplier relationship's

influence on traceability implementation in the vegetable industry. Journal of Purchasing & Supply Management , 2006(12): 39 - 50.

[48] Malinvaud E. Lectures on Microeconomic Theory. Amsterdam: North Holland Publishing,1972.

[49] Mighell R L. , Jones L A. Vertical Coordination in Agriculture. U. S. Department of Agriculture, Economic Research Service, Agricultural Economic Report No. 19, 1963, 2.

[50] Naiquan S. Producers, Processors, and Procurement Decisions: The Case of Vegetable Supply Channels in China, 中国经济学会第 6 届年会论文, 2006, 武汉.

[51] Naritoom, Chatcharee, The study on method and policy development for group contract farming in Thailand — A case study of asparagus grower groups in Nakhon Pathom Province. Ph. D. Thesis, Tokyo: Tokyo University of Agriculture, 2000: 89,143.

[52] Steven N S. The Contractual Nature of the Firm. Journal of Law and Economics, 1983, 26(1): 1 - 22.

[53] Suphanchaimat P. Report of the APO study meeting on Group farming. Asian Productivity Organization, Japan, 1994.

[54] Uathavikul P. Poverty reduction through contract farming: lessons from Srakaew Province, Thailand, ADB-UNESCAP Regional workshop on contract farming and poverty reduction. working paper, 2004.

[55] United States Government Accountability Office, Food safety: Experiences of Seven Countries in Consolidating Their food safety systems (Report to Congressional Requesters).

[56] Vellema S, Boselie D. Cooperation and competence in global food chains: perspectives on food quality and safety. Maastricht: Shaker, 2003: 123 - 125.

[57] Vetter H. , Karantininis K. Moral hazard, vertical integration, and public monitoring in credence goods. European Review of Agricultural Economics, 2002,29(2): 271 - 279.

[58] Wiboonpoongse A, et al. The Role of Contract Farming to Agricultural Transition in Thainland. The International Society for Southeast Asian Agricultural Sciences (ISSAAS), 1998, vol. 4(2): 74 - 97.

[59] Yin R K. Case Study Research: Design and Methods. Thousand Oaks: Sage Publications,1994.

[60] http://www. aimglobal. org/technologies/rfid/.

[61] http://www. can-trace. org.

[62] http://www. cfis. agr. ca/english/blupr/blueprinte. shtml.

[63] http://www. ers. usda. gov/publications.

[64] http://www. Eufoodtrace. org.

[65] http://www. fujitsu. com/tw/services/rfid/ducting/.